MW00981702

Si je meurs avant le jour

Fiona Macgregor, au temps de la grippe espagnole

Jean Little

Texte français de Martine Faubert

Toronto, Ontario, 1918

Samedi 3 août 1918

Le jour de mes 12 ans

Ce matin, Fanny et moi, nous sommes descendues et nous nous sommes arrêtées sur le pas de la porte de la salle à manger pour écouter toute la famille nous chanter « Bonne fête ». Théo était trop excité pour rester assis sur sa chaise, mais les autres attendaient à leur place pour nous serrer dans leurs bras à tour de rôle.

Tandis que je descendais l'escalier, je me disais que, pour une fois, j'aimerais ne pas trouver, à ma place, bien emballé, un de ces petits carnets carrés, rempli de petites pages portant une date en en-tête. Et que si c'était le cas, j'allais dire à papa que je refusais de continuer, même si mon écriture a grand besoin de s'améliorer.

Papa nous a donné, à Fanny et moi, nos deux premiers carnets le jour de nos huit ans, en nous disant d'écrire dedans chaque soir avant de nous endormir. À huit ans, j'ai adoré ça. Les pages étaient bien assez grandes. Mais au bout de quatre ans, c'est devenu une vraie CORVÉE, de remplir chaque soir une de ces pages en racontant le temps qu'il a fait et d'autres platitudes du genre. Il n'y a jamais assez de place pour écrire ce qui est important. Maintenant que nous venions d'avoir douze ans, je me sentais d'attaque pour une bonne mutinerie.

Mais quand j'ai baissé les yeux sur le paquet déposé à ma place, je n'ai pas vu une forme carrée, de la dimension d'un journal intime. Il y avait deux paquets qui pouvaient ressembler à des livres, mais le premier était trop petit et l'autre, beaucoup trop gros.

« À toi l'honneur, Fiona, a dit Tatie. C'est toi l'aînée des deux. »

« Seulement de douze minutes », a grommelé Fanny.

Personne n'y a prêté attention, sauf Jo. Jo, qui est aussi la deuxième née, a tendu le bras pour lui tapoter la main, d'un air compréhensif :

« On garde toujours le meilleur pour la fin », a-t-elle dit.

Ha!

J'ai mis de côté les paquets qui ressemblaient à des livres et j'ai ouvert en premier les cadeaux de Jemma, Jo et Théo. Une boîte d'aquarelle de la part de Jemma, un carnet de croquis et des crayons à dessiner de Jo, et une boîte de dragées de Théo (sa friandise préférée). Je lui en ai offert et, avant que Tatie ait le temps de l'arrêter, il en a pris une grosse poignée et se l'est fourrée d'un seul coup dans la bouche. Il avait l'air d'un écureuil qui fait des provisions pour l'hiver.

Tout le monde a éclaté de rire.

Grand-mère n'était pas encore descendue, alors j'ai dû continuer avec les cadeaux que j'avais mis de côté.

Le petit paquet, de la part de Tatie, contenait un exemplaire d'*Orgueil et préjugés*, de Jane Austen. J'étais contente. J'adore lire.

La carte glissée sous le ruban du second paquet se lisait comme ceci : *Pour Fiona Rose Macgregor, afin qu'elle puisse consigner les événements de sa treizième année de vie. Avec tout mon amour. Papa*

Papa m'a regardée lire son mot, puis il a éclaté de rire :

« Oh, Fiona! Tu devrais voir ta tête! »

« On dirait que tu as peur que ça te morde ou que ça pue », a dit Jemma.

« Je ne veux plus écrire dans un de ces carnets », ai-je éclaté. Je ne voulais pas regarder papa, de crainte qu'il ait de la peine. Mais j'étais bien décidée.

« Ouvre-le avant de prendre une décision. Je crois que celui-là, tu vas l'aimer », a-t-il dit.

Une fois l'emballage enlevé, j'ai découvert ce magnifique carnet. Il est beaucoup plus gros que les autres et il a un ruban pour marquer la page. Le papier est plus beau, aussi. Et les pages ne sont pas lignées et ne portent pas de date. Elles sont toutes blanches. On est libre d'écrire ce qu'on veut. Une seule phrase ou trois pages entières. Encore mieux : on peut sauter des jours, quand il n'y a rien d'intéressant à raconter.

Mais je pense que je vais essayer de ne pas en sauter.

Puis, sans me laisser le temps de répondre, Tatie a mis son grain de sel. Elle a dit qu'elle aurait aimé que j'aie mieux connu ma mère.

« Ruth te ressemblait tellement, Fiona, a-t-elle dit. Elle adorait écrire, elle aussi. Si seulement notre père nous avait fait tenir notre journal! Tu pourrais lire le sien, maintenant, et tu pourrais t'en rendre compte par toi-même. »

J'ai dit d'accord, que j'allais tenir un journal intime moi aussi.

Fanny ne comptait pas rester de côté.

« Et moi? a-t-elle demandé. C'est mon anniversaire à moi aussi, il me semble. »

« Toi, tu es plutôt comme moi, a dit Tatie. Tu préfères

l'action à la parole. Tu remarqueras d'ailleurs que tu n'as pas reçu de carnet, cette année. »

Fanny m'avait emboîté le pas et avait déjà déballé un flûtiau de la part de Jemma, le même carnet de croquis et les mêmes crayons de Jo, et des bâtons de sucre d'orge de Théo. Elle les a mis dans sa poche, hors de sa portée.

« Tu en as déjà eu assez, espèce de goinfre! » lui a-t-elle dit.

Puis elle a regardé son paquet en forme de livre. Toutes deux, nous étions sûres que c'était un journal. Nous recevons si souvent les mêmes cadeaux! Mais le sien avait une forme un peu différente. Elle a arraché l'emballage et elle était très contente. C'était le Moffat, un livre de cuisine canadien. Sur la carte, on lisait : *Pour Francesca Ruth Macgregor, afin qu'elle apprenne à préparer de délicieux plats pour toute sa famille. Avec tout mon amour. Papa.*

Elle le fixait des yeux, l'air complètement gaga.

« J'adore faire la cuisine, a-t-elle dit. Et je déteste écrire tous les soirs dans ces petits carnets. Je me contentais de griffonner pour finir plus vite. »

Elle a sauté sur ses pieds et est allée embrasser papa. Pourquoi est-ce qu'elle se débrouille toujours mieux que moi, quand il s'agit de se montrer gentille?

Puis papa a dit que nous devions aller nous habiller et sortir pour voir notre autre cadeau. Je voulais d'abord savoir ce que c'était, mais Fanny s'est précipitée dans l'escalier, alors j'en ai fait autant. Quand nous sommes redescendues, la porte d'entrée était ouverte, et tout le monde sauf Grand-mère nous attendait devant la maison, à côté du plus étonnant de tous nos cadeaux : un tandem!

« Oh! Nous sommes jalouses! » a dit Jemma d'un ton taquin.

« Nous allons être obligées de vous l'emprunter, a ajouté Jo. Et souvent! »

Fanny et moi, nous avons de vieilles bicyclettes et nous avons appris à nous en servir quand nous avions neuf ans. Il nous a donc fallu à peu près cinq minutes pour apprendre à nous servir du nouveau tandem, et nous sommes aussitôt parties faire le tour du pâté de maisons. Le plus formidable, c'est que nous sommes capables de nous parler tout en pédalant et sans avoir à nous crier dans les oreilles. Il y a un panier à l'arrière, pour porter les chandails ou les paquets.

Tatie a acheté le tandem d'occasion à une dame qui s'en servait avec son mari aveugle. Le pauvre homme est mort depuis. Elle a dit à Tatie que le tandem allait être bien content de servir à deux belles filles.

Comme il va vraiment vite, je l'ai appelé Pégase, comme le cheval ailé dans la mythologie grecque. J'aime bien donner des noms aux objets. Quand nous sommes revenues, notre petit frère nous a dit :

« Vous avez oublié de déjeuner. »

Tout le monde a éclaté de rire. Jusque-là, je n'avais pas faim, et tout à coup je me suis sentie affamée. Puis, tout en mangeant, j'ai repensé à ce que Tatie avait dit à propos de mon journal.

Est-ce qu'elle voulait dire que je préfère la parole à l'action? Si c'est ça, elle a parfaitement raison. Je préfère lire un livre plutôt que de peler les pommes de terre, c'est sûr et certain! Contrairement à moi, Fanny dit tout le temps qu'elle aime bien les tâches ménagères.

Elle adore faire des gâteaux et ranger tout parfaitement. Une fois, elle m'a même dit qu'elle adorait le repassage! Et l'époussetage! Elle a aussi dit que cirer les meubles lui faisait autant plaisir que de faire la toilette d'un petit enfant et de l'habiller.

Moi, je n'aime pas ça. On nous demande tout le temps de nous occuper de Théo, qui réussit à se salir même en restant assis à ne rien faire. J'aime beaucoup mon frère, mais je n'aime pas le laver.

Tatie a aussi raison de dire que je voudrais en savoir davantage sur ma mère. Même si elle n'était pas morte, je serais trop contente de tomber sur un carnet qu'elle aurait écrit quand elle avait mon âge. Elle y aurait probablement écrit toutes sortes de secrets, de choses intimes, ses moments de joie ou de tristesse. J'ai donc décidé d'écrire ce journal pour la fille que j'aurai un jour.

J'ai dit à papa que j'allais écrire mon nouveau journal comme si c'était des lettres à ma fille, et il m'a dit en souriant :

« Dans ce cas, tu vas écrire plus qu'une page par jour. J'ai bien fait de te choisir un plus gros carnet. Tu me préviendras quand tu seras prête pour le deuxième volume. »

Le deuxième livre de Fanny était un manuel d'économie domestique. Elle a tout de suite plongé le nez dedans, ravie de lire des choses toutes plus idiotes les unes que les autres : comment enlever les taches de café sur une jupe, comment retirer de la gomme de pin prise dans les cheveux d'un enfant, comment fabriquer du vinaigre de framboise, etc.

J'ai cessé de l'écouter quand papa s'est mis à me dire doucement :

« Après avoir vu ce que tu as écrit l'an dernier, ma Fiona, Tatie et moi avons décidé que tu avais besoin de plus d'espace pour laisser s'épanouir tes talents d'écrivaine. Tu es vraiment très douée, tu sais. »

Ses mots tournaient dans ma tête comme des milliers d'étoiles filantes. *Laisser s'épanouir tes talents d'écrivaine... Tu es vraiment très douée.*

Tatie était d'accord avec lui. J'ai tourné la tête vers elle, nos regards se sont croisés, et elle m'a souri en hochant la tête. À l'instant même, je me suis dit qu'ils croyaient vraiment que j'avais du talent. Je ne leur en ai jamais parlé, mais je rêve de devenir écrivaine quand je serai grande.

Bon, c'est un de mes rêves, mais j'en ai d'autres aussi.

Je ne savais pas quoi leur répondre, alors j'ai soulevé mon livre de Jane Austen et je l'ai mis devant mon visage pour me cacher. J'ai l'impression que l'histoire n'est pas très intéressante : pas assez de dialogues. Je déteste les livres avec des pages entières en petits caractères et sans alinéas. As-tu remarqué, ma fille, que j'insère des bouts de dialogues pour toi? Bon, d'accord, pour moi aussi. Je n'ai pas aimé ça, quand j'ai relu mes carnets précédents, parce que j'avais rempli des pages entières, de la première jusqu'à la dernière ligne, sans compter les ajouts dans la marge. J'étais obligée de le faire parce que les pages étaient très petites et qu'il n'y en avait qu'une par jour.

Revenons à nos moutons et au livre de Jane Austen. Tatie prétend que maman clamait sur tous les toits qu'elle voulait être exactement comme Elizabeth Bennett. Je vais donc le lire et me faire une idée de cette Élizabeth.

Plus tard, le même matin

Je n'arrive pas à croire que j'ai déjà tant écrit. Toute une rame de papier! Je me demande ce que ça veut dire, une « rame de papier ». J'ai écrit tout ça depuis que je me suis levée de table et que je suis montée dans notre chambre, à Fanny et moi, après le déjeuner. Puis le facteur est passé, avec des cartes de souhaits pour nous. Elles étaient toutes fleuries et trop décorées, mais il y avait un billet de deux dollars glissé dedans, un pour chacune de nous. C'était de la part des vieilles tantes de papa, qui habitent dans l'Ouest. Elles ne nous ont pas vues depuis des années, alors c'est vraiment gentil d'y avoir pensé. J'ai caché ce trésor dans mon tiroir à rubans.

Maintenant, il faut que je parle des gens de ma famille, un par un, pour que ma fille sache à quoi ils ressemblaient avant sa naissance. Ce sera comme de présenter des personnages. J'aime les livres qui commencent de cette façon, que ce soit un roman ou une pièce de théâtre. Si j'oublie qui est qui en cours de lecture, je peux revenir en arrière et vérifier. Mais je n'oublierai personne dans ce texte-ci.

Personnages

Papa ....David Georges Macgregor
Tatie ....Rose Marie Smithson
Grand-mère ....Dorcas Joanna Macgregor
Jo ....Joséphine Marie Macgregor
Jemma ....Jemima Amy Macgregor

Fiona ....Fiona Rose Macgregor
Fanny ....Francesca Ruth Macgregor
Théo....................................Théodore David Macgregor
Pixie...............................le vieux terrier Boston de Tatie

Voici les personnages qui habitent dans notre maison. Ce sont les membres de ma famille directe. Je ne vais pas parler du reste de ma parenté, sauf quand il en sera question au fil de mon récit.

Jusqu'à cet instant, je n'ai jamais considéré ma vie comme une histoire. J'aime bien cette idée. J'espère que ce sera aussi intéressant qu'*Orgueil et préjugés*, et même meilleur!

Pas facile de faire le portrait de papa. Le décrire physiquement n'est quand même pas trop compliqué. Il a les cheveux bruns, avec un peu de gris sur les tempes. Il a les yeux brun foncé. Il porte des lunettes pour lire. Il a un grand sourire, mais il ne sourit pas tout le temps pour rien. Il a de jolies oreilles, avec un crayon rouge presque toujours glissé derrière l'une d'elles. Il mesure 1 m 80 avec ses chaussures aux pieds. Il marche en boitant parce qu'il a été blessé durant la guerre des Boers et il utilise une canne quand il est fatigué et que sa jambe lui donne du fil à retordre. Voilà! Par contre, décrire sa personnalité est pas mal plus difficile.

Il a tellement changé depuis la naissance de Théo et la mort de maman! Cinq ans déjà. Je crois que nous avons tous changé, depuis ce moment-là. Papa riait beaucoup plus souvent, il nous posait des devinettes et nous chantait des chansons. Ça lui arrive rarement, maintenant. Je sais qu'il nous aime tout autant, mais d'une façon plus sérieuse.

Entre autres, il s'en veut de ne pas prendre part à la guerre à cause de sa jambe, alors que ses amis sont partis au front.

Je dois apprendre à mieux le connaître. Mais il a tout le temps d'énormes piles de devoirs d'élèves à corriger et des tas de réunions, depuis qu'il est directeur du département d'anglais. Je ne dois pas me laisser décourager avant même d'avoir commencé.

Je dois maintenant poursuivre avec la description de Tatie, mais je dois d'abord y réfléchir un peu.

Après avoir réfléchi et après le dîner

Grand-mère nous a offert son présent au dîner. C'était une boîte de mouchoirs avec une fleur brodée dans un coin. Fanny a reçu la même chose que moi. Ce n'est pas tout : ce sont exactement les mêmes mouchoirs qu'elle nous a offerts au dernier Noël. Je me demande combien d'autres boîtes comme celles-là elle peut avoir en réserve. Nous l'avons remerciée le plus poliment du monde, mais sans nous regarder, de peur d'éclater de rire.

Je dois te donner un prénom, ma chère fille, pour te rendre plus réelle. Dans ce carnet, je vais t'appeler Jane. Je viens de terminer la lecture de Jane Eyre, de Charlotte Brontë, et j'aime bien ce nom. C'est simple et discret, tout comme *Jane Eyre* l'était aux yeux des gens, mais, finalement, elle n'était pas si simple que ça. Elle était courageuse, passionnée et romantique. Elle a fait face à bien des épreuves. Je suis sûre que toi, ma Jane, tu seras comme elle.

En y pensant bien, je crois que Tatie est peut-être comme Jane Eyre, même si elle n'a jamais été amoureuse, du moins à ma connaissance. Une chose est sûre : elle n'a jamais été follement amoureuse d'un homme comme M. Rochester. Est-ce que ça existe, des hommes comme lui? (Il y a du mystère là-dedans, mais j'y reviendrai plus tard.)

Elle n'est pas très grande. Mes grandes sœurs sont de la même taille qu'elle. Elle a les cheveux noisette. « Les deux noisettes », avait-on l'habitude de les appeler, ma mère et elle, quand elles étaient petites. Elle a les yeux très bleus et un sourire irrésistible. Je l'aime plus que tout au monde, maintenant que maman n'est plus là. Sa charge est lourde à porter. Il lui faut nous élever et tenir tête à Grand-mère, mais elle le fait exactement comme Jane Eyre l'aurait fait.

Jane était institutrice, et Tatie aussi, avant de venir habiter avec nous. Il y a plusieurs années, maman et elle ont déménagé à Toronto pour s'installer chez leur tante qui habitait en face de chez papa, afin de terminer leurs études secondaires. Je parie qu'elles le trouvaient toutes les deux à leur goût.

Si Grand-mère venait à lire ces lignes, elle me ferait raturer « Je parie ». Elle dit que ce n'est pas bien de parier. Mais en ce moment, elle n'est pas là pour les lire, et je vais m'arranger pour que ça n'arrive jamais.

C'est maman qu'il a épousée, aussitôt après qu'elle a obtenu son diplôme. Jemma et Jo sont nées deux ans plus tard, alors qu'il était parti se battre, à la guerre des Boers. Je vais te reparler d'elles plus loin. C'est là qu'il a été blessé et qu'il a été rapatrié au Canada. Tante Rose est venue aider maman à s'occuper de lui et des deux petites filles. Quand il a été assez bien remis pour reprendre son travail d'instituteur, Tatie est entrée à l'École normale et, au bout d'un an, elle est partie en Alberta où elle avait obtenu un poste.

Presque chaque année, elle revenait pour Noël, mais elle ne restait jamais longtemps. Je la suppliais toujours de rester, et ça la faisait rire. C'était comme ça, jusqu'à ce que Théo s'annonce. À partir de là, maman en avait beaucoup trop sur les bras, avec seulement Myrtle Bridge pour l'aider. Myrtle vient encore deux matins par semaine, mais elle est lente. Papa l'a surnommée la Tortue. Chaque fois qu'il l'appelle comme ça, Tatie secoue la tête en lui disant :

« Elle ne travaille peut-être pas à la vitesse de l'éclair, mais elle fait de son mieux et je l'apprécie comme de l'or en barre. »

Pourquoi est-ce que je parle de Myrtle? Parce que j'ai l'impression que je vais être obligée de la mentionner de temps en temps, Jane, alors autant que tu sois au courant.

Maman a donc écrit à Tatie pour lui dire qu'elle ne savait plus comment faire pour s'en sortir. Tatie a fait ses bagages et est venue vivre avec nous. Je crois que maman sentait que quelque chose ne tournait pas rond. Quand elle a compris qu'elle allait peut-être mourir, elle a demandé à Tatie de rester pour nous élever. Tatie le lui a promis et, depuis, elle habite ici.

Grand-mère est la suivante sur la liste. Elle devra attendre un peu. Nous allons jouer au croquet, même papa est de la partie!

Après le croquet et un fameux souper d'anniversaire

Jemma a gagné au croquet, mais en trichant. Jo l'a accusée d'avoir déplacé sa boule du bout du pied. Jemma ne prend pas ce genre de choses aussi à cœur que moi. Elle s'est contentée de rire, en disant que nous étions jaloux d'elle parce qu'elle était trop bonne.

Au tour de Grand-mère!

Pour commencer, Jane, je dois t'avouer qu'elle n'est pas ma préférée, dans la famille. Elle a les cheveux gris et les yeux du même gris acier. Elle a le nez pointu et la voix aiguë. Elle a les mains noueuses. Elle porte tout le temps des lunettes. Elle rit seulement pour rire des autres et elle sourit seulement quand elle a réussi à prouver qu'elle a eu raison à propos de quelque chose.

Elle est mesquine. Par exemple, cet après-midi, en me voyant me pelotonner dans le gros fauteuil de cuir de papa avec *Orgueil et préjugés*, elle m'a aussitôt appelée, me demandant de venir lui tenir son écheveau de laine. Elle aurait pu le demander à Jemma ou Jo, sachant que c'est mon anniversaire, mais non. En tout, elle avait douze écheveaux qu'elle avait achetés pour pas cher, et ça n'en finissait plus. Elle me disait :

« Tiens-toi droite, Fiona. À t'écraser comme tu le fais, tu vas finir par devenir bossue. »

J'avais envie de lui dire que ma façon de me tenir n'était pas ses oignons, mais je me serais attiré les pires ennuis si j'avais osé lui dire ainsi ma façon de penser. Je me suis pincé les lèvres à en avoir mal et je me suis redressée, raide comme la canne de papa.

On peut dire, ma chère Jane, que j'aimais bien mieux Grand-mère quand elle se contentait de venir en visite chez nous. Maintenant qu'elle habite ici, elle trouve à redire à tout. Jemma pense que, à force de vivre avec elle, Grand-père a fini par mourir, mais je trouve qu'elle exagère. Chez nous, Jemma a la réputation de toujours exagérer.

Nos grands-parents Smithson habitent ensemble dans leur vieille ferme. Ils louent leurs champs à un voisin parce que, maintenant, Papi n'est plus assez fort pour s'en occuper tout seul. Jo l'appelle comme ça depuis qu'elle est petite. Ça lui va bien.

Mamie n'est pas aussi sévère que Grand-mère M. Grand-mère essaie même de dire à Tatie ce qu'elle a à faire, alors que Tatie n'est même pas sa parente directe. Fanny trouve que Grand-mère dépasse les bornes quand elle parle à Tatie de façon autoritaire. Après tout, maman et papa ont demandé à Tatie de venir habiter chez nous, alors que Grand-mère s'est imposée, elle. Je le sais, j'ai tout vu.

C'est une longue histoire, mais je vais te la raconter pendant que Fanny est en bas et vient juste de commencer une partie de cribbage avec papa.

C'était il y a un an, deux jours après les funérailles de Grand-père, et je pense qu'ils s'attendaient à la voir repartir chez elle avec sa bonne. Quand elle s'est présentée à notre porte avec sa grosse valise, j'ai bien vu que papa était pour le moins décontenancé.

« J'ai mis la maison en vente, David, et à partir de maintenant, je vais habiter avec vous », a-t-elle dit. Puis elle a inspiré profondément et a poursuivi :

« Tu me diras si je me trompe, mais je crois que tu peux me céder une chambre dans ta grande maison, maintenant que je suis seule au monde. N'est-ce pas? »

C'est exactement ce qu'elle lui a dit, Jane. Mot pour mot, je m'en rappelle. Papa avait l'air de quelqu'un qui venait d'être frappé par la foudre. Il y a eu un long silence, puis il lui a répondu :

« Bien sûr, maman. Et Martha? »

Martha était sa bonne et elle vivait avec eux depuis des années.

« Le lendemain de la mort de Georges, Martha m'a prévenue qu'elle partait. Elle est allée habiter chez sa sœur à Orangeville, lui a répondu Grand-mère d'un ton sec. Tu n'as pas à t'en faire pour Martha. »

« Maman, bien sûr, vous êtes ici la bienvenue, si vous croyez pouvoir vous adapter à notre maison pleine de vie. Vous auriez dû m'envoyer un mot, et je serais allé vous chercher. Fiona, va vite dire à Tatie que Grand-mère est ici. »

Je pensais qu'il avait oublié que j'étais là. Il a pris son sac de voyage et il l'a installée dans le boudoir tandis que je courais chercher Tatie. Elle en est restée bouche bée, Jane, comme on écrit dans les livres. Elle était assise à la table de la cuisine, en train d'écosser des petits pois, et elle est restée figée, me fixant des yeux et l'air de ne pas en croire ses oreilles.

« Il lui a dit qu'elle pouvait rester », lui ai-je dit abruptement.

Tatie m'a regardée de cette drôle de façon que je n'aime pas. « Que pouvait-il faire d'autre? a-t-elle dit. Aurais-tu préféré qu'il renvoie chez elle sa mère fraîchement veuve, Fiona? »

J'aurais voulu lui répondre que oui, mais je savais qu'il ne valait mieux pas.

« Elle aurait pu aller chez oncle Walter », ai-je donc répondu.

« Sauf si ta tante Jessica y trouvait à redire », a dit Tatie, en se levant pour aller arranger la chambre de Grand-mère.

Elle s'est installée dans la chambre d'invité, la grande qui se trouve à l'avant de la maison. Elle est vaste et ensoleillée, et elle l'a pour elle toute seule. Elle l'a garnie avec ses propres meubles.

Nous n'en avons plus reparlé par la suite, mais quand j'ai dit à Fanny ce qui s'était passé, même elle qui a si bon caractère était d'accord avec moi pour dire que papa aurait dû penser à ses enfants et trouver une autre solution.

Je me fais peut-être des idées, Jane, mais je crois que ma grand-mère a peut-être fait exprès de ne pas le lui demander d'avance, au cas où il aurait dit que nous n'avions pas la place. Par contre, Tatie a raison : papa étant ce qu'il est, il n'aurait jamais fait une chose pareille.

Mais changeons de sujet. T'ai-je déjà dit que Fanny et moi, nous sommes des jumelles identiques, comme maman et Tatie? Tatie prétend qu'elle peut toujours nous différencier, mais c'est faux. Elle y arrive quand elle se concentre sur l'expression de notre visage ou notre façon de réagir aux choses. Quand on nous regarde de l'extérieur, comme le nez, les sourcils ou les cheveux, nous sommes pareilles. Mais pas à l'intérieur.

Quand je pense à quelque chose de drôle, je fais un

grand sourire. Fanny prétend que ce n'est pas bien élevé de montrer ses dents. Alors elle sourit en gardant les lèvres pincées. Elle trouve que ça la rend énigmatique, comme la Joconde. Elle a l'air ridicule. Heureusement, elle oublie souvent de faire attention.

Elle est très ordonnée. Pour elle, c'est vraiment « une place pour chaque chose et chaque chose à sa place ». Mon désordre est pour elle comme une croix à porter, car nous partageons la même chambre. J'ai essayé de la convaincre que je suis désordonnée parce que je suis plus créative qu'elle et que je ne peux donc pas m'encombrer l'esprit avec des détails aussi insignifiants que le contenu d'un tiroir de commode.

« Ce sont des niaiseries! » dit-elle.

Nous avons les cheveux bruns et bouclés, surtout quand le temps est humide. Nous avons aussi de grands yeux brun foncé. Théo, quand il est gentil, dit qu'ils sont de la couleur du café de papa. (Papa y met un nuage de lait.) Sinon, Théo dit que nous avons des yeux de vaches.

Comme je le disais, Fanny a bon caractère. Moi, par contre, je suis souvent grincheuse ou je perds patience et je sors de mes gonds. D'après toi, Jane de quels « gonds » s'agit-il? C'est une drôle d'expression. J'adore les expressions bizarres.

J'aime beaucoup Fanny, tu sais. Elle est ma jumelle et je ne peux pas imaginer la vie sans elle. Mais nous NE sommes PAS le même genre de personnes. Je me dis parfois que nous ne sommes pas aussi proches que des jumelles sont censées l'être et que ma grande sœur Jo est plus importante pour moi. Mais je n'en suis pas si sûre.

Papa et Fanny doivent ENCORE être en train de jouer une autre partie de cribbage. C'est donc qu'elle a gagné et qu'il se sent obligé de lui montrer qu'il est le meilleur.

Tatie nous a fait un succulent gâteau au citron pour notre anniversaire. J'adore le gâteau, mais nous n'en avons plus eu depuis des siècles, à cause de la guerre. Tatie s'est arrangée pour mettre de côté quelques œufs et un peu de sucre pour pouvoir le faire. J'étais d'humeur si généreuse que j'en ai donné une petite bouchée à Pixie. Elle faisait tellement de bruit en se léchant les babines que j'ai eu peur que Grand-mère l'entende. Mais non.

La pièce de dix cents était dans ma part de gâteau, alors je vais devenir riche. Théo a eu le bouton, ce qui signifie qu'il ne va pas se marier dans l'année. Heureusement, car il n'a même pas six ans!

Jane, ta tante Fanny est enfin là. Alors, ma chère fille, je dois éteindre et me mettre au lit avant que ma sœur s'endorme et laisse glisser ses grands pieds de mon côté du lit. Ses ongles d'orteils me grattent.

Bonne nuit.

Dimanche 4 août 1918

J'avais promis de te reparler de Jo et Emma, alors je vais commencer aujourd'hui en remplissant ma promesse.

Jemima et Joséphine, qu'on appelle Jemma et Jo pour faire plus court, sont jumelles, elles aussi, sauf que Jemma est née dix minutes avant minuit et que Jo est arrivée juste au moment où le dernier coup de minuit sonnait. Elles ont donc des dates d'anniversaires différentes. Elles ne sont pas des jumelles identiques.

Elles viennent d'avoir dix-huit ans. Personne n'a de mal à les différencier. Jo est beaucoup plus petite et plus brune que Jemma, qui est blonde et élancée. C'est Tatie qui l'a dit. J'aurais plutôt dit qu'elle est maigre ou efflanquée. Mais Jemma préfère être élancée, j'en suis sûre.

Elles viennent de terminer leur dernière année d'école secondaire, et Jemma veut devenir institutrice. Elle veut avoir une classe de petits. Elle dit que les premières années d'école sont les plus importantes.

Jo, si elle arrive à convaincre papa, veut devenir médecin. Il dit que les filles sont censées devenir des infirmières, comme Florence Nightingale, mais Jo a ramené une amie de l'école du dimanche (elle est dans la classe des grandes, avec Mlle Banks comme professeure), qui va entrer en médecine en septembre même si elle n'a que seize ans. Elle est extraordinairement gentille. Elle nous parle, à Fanny et moi, comme à des filles de son âge. Elle s'appelle Caroline Galt. Je parie que c'est parce qu'elles veulent toutes deux devenir médecin qu'elles sont devenues amies. On dirait qu'elles se connaissent depuis toujours, et non pas depuis quelques semaines seulement. Je me demande si Jemma en est jalouse. Je le serais, si Fanny devenait amie comme ça avec une autre fille. Nous avons chacune nos amies, bien sûr, mais nous sommes plus proches que ça l'une de l'autre, malgré ce que j'ai dit avant. C'est pareil pour Jo et Jemma.

Mais Jemma n'a pas l'air d'être jalouse. On dirait qu'elle aime Caroline autant que Jo. Et elle a Phyllis Trent et Nancy Spry comme amies. Nancy veut devenir institutrice, elle aussi, mais avec des plus grands. C'est une fille pleine d'entrain, que les enfants vont aimer, je crois. Ils vont apprécier Jemma aussi. Quand elle est avec des petits, elle est très douce. Sinon, elle est plutôt fofolle, beaucoup plus drôle et exubérante que Jo. Phyllis a l'intention de rester à la maison et d'aider sa mère en attendant de se marier.

Caroline Galt se fait appeler Caro par ses frères et sœurs, et Caroline par ses parents. Elle a passé ses examens d'entrée à l'université dans l'Ouest, où il n'y a que quatre années d'école secondaire, au lieu de cinq comme ici. Son père est allé avec elle pour l'inscrire à l'université et il les a convaincus de la laisser commencer en septembre. Je suppose qu'ils ne pouvaient pas dire non à un ministre presbytérien.

Pour ce qui est de Jo, je crois que de parler avec Caroline et son père a fait faiblir papa. Il a donné à Jo la permission d'entrer en médecine cet automne s'il n'est pas déjà trop tard pour s'inscrire. Tatie prend le parti de Jo, bien entendu. Elle trouve que ce sera bien pour Jo d'avoir Caro pour amie, là-bas. Ils ne voudraient pas qu'elle ait de mauvaises fréquentations. Caro, en tant que fille de ministre presbytérien, est parfaite à tous points de vue. Je trouve qu'ils sont fous de s'en faire avec ça. Comme si Jo pouvait être amie avec des gens de « mauvaise influence ».

C'est de Jemma qu'ils devraient s'inquiéter. Quand Fanny et moi avons fait notre dernier tour de tandem avant de rentrer, nous l'avons vue à quelques pâtés de maison de chez nous avec trois garçons : elle leur faisait les yeux doux à tous les trois et elle avait son rire de séductrice. Quand nous sommes rentrées, elle nous a demandé de ne rien dire à propos des garçons, et nous avons dit d'accord. Ce n'est pas Jo qui agirait comme ça.

Bon, je vais revenir à mes moutons et t'en dire un peu plus à propos de la famille Macgregor.

Je t'ai déjà parlé de Grand-mère. Je suppose que papa doit l'aimer. C'est sa mère, après tout. Mais ils n'ont pas l'air très proches. Elle aime dorloter les petits bébés, mais elle n'aime pas changer leurs couches. Elle aime que les petits enfants soient bien élevés. Elle aime faire des « coucous » et des « tatas ». Avant, elle faisait des « gagas » et des « boubous » avec Théo. Mais quand il a grandi et qu'il est devenu turbulent, elle a cessé de s'intéresser à lui. Maintenant, quand elle parle de lui, elle dit « le gamin » en levant le nez en l'air.

Je crois que je t'ai déjà dit qu'elle a eu la chambre du devant. Tout le monde, sauf papa, doit partager sa chambre. Théodore dormait dans la chambre de papa jusqu'au jour où il a commencé à faire des cauchemars. Dans ces cas-là, papa n'est d'aucune utilité. Si Théo se réveillait en hurlant et que papa n'arrivait pas à le consoler, le petit futé allait dans la chambre de Tatie et se glissait à côté d'elle. Alors papa a déménagé son petit lit, et Théo n'est jamais retourné dans la chambre de papa.

Je t'ai déjà parlé de Tatie, mais j'ai laissé de côté des questions importantes à son sujet. Je n'arrive pas à comprendre pourquoi elle ne s'est jamais mariée. Un jour, j'ai posé la question à maman, et elle m'a regardée d'un drôle d'air en me disant : « Ne pose pas de questions, Fiona. C'est trop personnel. Et ce n'est pas sa faute : c'est la mienne ».

Je lui ai demandé de m'expliquer, comme de raison,

mais elle n'a pas voulu. Elle m'a répondu que ça ne me regardait pas et d'oublier ce qu'elle m'avait dit. Bizarre! Elle avait l'air troublée. J'ai oublié tant de choses depuis qu'elle est morte, mais ces paroles énigmatiques restent incrustées dans ma mémoire. As-tu déjà remarqué, Jane, que du moment qu'on te demande d'oublier quelque chose, c'est le contraire qui se passe? En tout cas, moi, mon cerveau absorbe tout ce qui passe, en particulier quand il y a quelque chose de mystérieux.

Plus je grandis, plus je me demande ce qu'elle a voulu dire.

C'était comme si elle avait voulu me confier un secret, puis qu'elle avait changé d'avis, décidant que j'étais trop jeune pour être digne de confiance. C'est vrai, j'avais seulement sept ans. Et j'ai toujours eu du mal à garder un secret. Mais je n'ai plus sept ans. Il faut que j'essaie de découvrir la vérité. Je ne peux pas croire que maman serait fâchée que je sache de quoi il en retourne. Mais je ne peux pas le demander à Tatie. Maman a été très claire là-dessus.

Fanny et moi, nous sommes nées six ans après les fausses jumelles. Quand nous avions sept ans et que Jo et Jemma en avaient treize, Théodore est arrivé.

Maman est morte trois jours après. Je ne sais pas pourquoi, sauf qu'elle était déjà malade avant, puis « brûlante de fièvre » après, et qu'ils « ne pouvaient pas arrêter les saignements ». Personne ne me l'a dit à moi, bien entendu. On ne dit pas ce genre de choses aux enfants. Mais j'ai surpris Tatie en train d'en parler avec une de ses amies.

Il y a de quoi vous enlever l'envie d'avoir des enfants,

sauf qu'il y a tant de mères qui ont un premier enfant et qui recommencent tout de suite après sans avoir l'air de s'inquiéter. C'est à n'y rien comprendre!

À l'heure du coucher

Après le souper, nous avons fait un dernier tour de tandem. Les gens se retournaient sur notre passage et nous montraient du doigt. C'est tellement parfait comme cadeau, pour des jumelles. Aujourd'hui il ventait, et j'adore sentir mes cheveux voler derrière moi en dégageant ma nuque. Ça me donnait envie de chanter, alors j'ai entonné une chanson d'amour. Sur le coup, Fanny était un peu choquée, mais elle s'est aussitôt jointe à moi. Elle doit toujours décider si c'est convenable ou non pour une jeune fille bien élevée. Moi, je sais que je ne suis pas bien élevée, alors je n'ai pas besoin de me poser la question.

C'est bien d'écrire son journal, car c'est facile d'en prendre et d'en laisser. C'est comme de parler à un ami invisible. Un jour, Jane, tu ne seras plus invisible, et ce sera merveilleux, même s'il faut que je grandisse avant de pouvoir te rencontrer en chair et en os. Rassure-toi, j'adore les bébés.

Théo pense que Tatie est sa mère. Il l'appelle tout le temps maman, et elle a renoncé à l'en empêcher. Ce n'est pas grave. Après tout, il n'a jamais connu maman, contrairement au reste de la famille. Pour lui, maman est un personnage dans une histoire. Tatie et Théo sont comme Maman Ours et Petit Ours, je crois. Je dois t'avouer, Jane, que moi aussi j'ai parfois l'impression qu'elle est ma mère, mais je ne le dirais jamais tout haut.

Je me rappelle notre vraie mère qui nous chantait des chansons pour nous endormir. J'entends encore sa douce voix nous chanter des berceuses. J'avais peur du noir, et elle le savait. Elle laissait une lumière allumée pour me rassurer. Elle sentait les fleurs. Au début, juste après sa mort, j'allais dans son placard pour sentir ses robes et j'avais l'impression qu'elle était encore là. Puis un jour, les robes n'étaient plus là et j'ai pleuré, mais je ne pouvais pas dire à papa pourquoi.

Maintenant, quand j'essaie de me rappeler son visage, l'image s'embrouille aussitôt dans ma tête. Alors je ne peux plus compter que sur ma mémoire qui ne m'offre que quelques brèves images d'elle.

Après avoir eu Théo, elle l'a tendu à papa en disant : « Finalement, David, je t'aurai donné un garçon. »

Je la revois encore, toute souriante. Et j'entends encore sa voix à lui, qui disait : « À t'entendre, je me sens comme le roi Henri VIII. »

(Par la suite, en classe d'histoire, j'ai appris que Jane Seymour était la seule femme d'Henri VIII à lui avoir donné un garçon.)

Il est grand temps que je te parle comme il faut de Théo. On pourrait croire que nous, les filles, nous détestons notre petit frère, mais c'est bien la seule chose sur laquelle tout le monde chez nous tombe d'accord : il est adorable! En tout cas, la plupart du temps. Il a une grosse tignasse blonde et bouclée, d'énormes yeux bleus et un sourire à faire fondre le plus méchant des ogres. Je crois que ses yeux sont du même bleu que les fleurs de chicorée sauvage. Il est tout simplement à croquer. Une fois, j'ai entendu Tatie dire de lui qu'il était « spécial », mais c'est faux, en tout cas si je ne me trompe pas sur le sens de « spécial ».

Je n'arrive pas à croire que j'ai déjà écrit tant de choses dans ce journal. Jamais auparavant je ne me suis laissée aller au fil de ma plume comme cela.

Une chose que je n'ai pas encore mentionnée : notre pays est en guerre. On aurait pu penser que je l'aurais dit en première page. Mais les nouvelles sont toujours terribles, et les combats semblent très loin, la plupart du temps. Pourtant, cet après-midi j'ai entendu dire que Calvin Anderson est mort au combat. Sa petite sœur Prudence est dans ma classe, à l'école Jesse Ketchum. Je ne la connais pas très bien et je ne l'aime pas beaucoup. Elle est trop collet monté et trop sermonneuse. Une vraie petite sainte! Mais ce soir, elle doit avoir le cœur en miettes, et je suis désolée de ne pas l'aimer plus que ça.

Papa croit que la guerre va bientôt prendre fin. Mais je l'entends dire ça depuis des années, et elle n'est toujours pas finie. Elle a commencé exactement une semaine avant mon huitième anniversaire. Théo n'a jamais vécu dans un monde en paix!

Papa vient de jeter un coup d'œil dans la chambre et il m'a demandé si j'avais écrit dans mon journal mes réflexions à propos du sermon de ce matin. Il me taquine, Jane, parce que j'ai éclaté de rire en pleine église. Ce serait trop long à te raconter pour ce soir, mais j'y reviendrai demain matin. J'ai des crampes à la main d'avoir écrit si longtemps.

Lundi 5 août 1918

Voici cette histoire. J'étais assise sur le banc d'église, en train de surveiller Théo. Il avait discrètement sorti de sa poche un petit crapaud et il jouait avec. Tandis que je le surveillais du coin de l'œil, le crapaud s'est échappé et a sauté dans l'énorme sac noir de Mme Barber. Elle l'avait ouvert pour y prendre un mouchoir au moment où le ministre entamait la longue prière dans laquelle on demande à Dieu de bénir le roi et tout le tralala. Elle est encore plus longue ces temps-ci, avec les soldats à protéger et la victoire à remporter. Elle n'a pas vu le crapaud parce qu'elle avait les yeux fermés, bien sûr.

Je ne les ferme presque jamais parce que ça énerve Grand-mère que je les garde ouverts. Elle dit qu'il faut fermer ses yeux, baisser la tête et garder les mains jointes, si on veut prier comme il faut. J'ai demandé à papa si c'était vrai, et il a dit que, pour Dieu tout-puissant, c'est la prière qui importe, et non pas la façon dont on se tient.

Le crapaud n'est pas ressorti et, soudain, je l'ai imaginé qui sautait du fond du sac jusque sur la patène, au moment où elle recevrait l'Eucharistie. Il y avait de quoi rigoler, non?

Hier, au dîner, Tatie m'a demandé ce qui était si drôle, mais je ne pouvais pas trahir Théo, alors j'ai répondu que c'était personnel. Papa a secoué la tête en me regardant, et Théo m'a lancé un regard de reconnaissance absolue.

Grand-mère dit que je devrais prier pour m'aider à devenir plus sérieuse. Elle n'a pas vu le crapaud. Je pense même que le ministre ne s'est pas aperçu que j'ai ri. Il a continué sa prière pour la Terre entière, nommant chacun un par un.

À plus tard, Jane. Fanny veut encore aller faire un tour sur notre Pégase, pour le montrer à tous les voisins. À votre service, ma chère!

À l'heure du coucher

J'ai oublié de dire que Caro Galt et Mlle Banks sont passées hier, après l'école du dimanche, et j'ai entendu Fanny qui chantait. Elle a vraiment une très belle voix. Tatie dit qu'elle la tient de maman. Tatie et moi, nous avons des voix plus graves, un peu rauques. C'est une des différences entre Fanny et moi.

Avec Fanny qui chante comme un rossignol, Mlle Banks nous a invitées toutes les quatre à venir chanter pour les blessés de guerre, à l'hôpital. Elle ne nous a pas dit à quelle date exactement. Ça reste à fixer. J'avais peur, mais je crois que ça ne se voyait pas. J'espère que nous ne verrons pas de soldats qui souffrent vraiment, ni qui geignent ni qui crient de douleur.

Je me demande si Fanny est nerveuse, elle aussi. Impossible de le dire, avec son visage sans un pli, lisse comme la surface de l'eau.

Je me demande pourquoi on dit ça. La surface de l'eau se ride, quand il vente. Ce serait peut-être mieux de dire « lisse comme une feuille de choux » parce qu'une feuille de chou, ça reste comme ça est, même pendant le pire des orages.

Mais Fanny n'aimerait peut-être pas être comparée à une feuille de chou. Alors comme une courge? Non. « Calme comme un bébé qui dort »? Oui, elle aimerait ça.

Mardi 6 août 1918

Ce matin, Tatie nous a annoncé que c'était le jour de l'huile de foie de morue. Il mériterait qu'on le tue, ce médecin qui a dit à Tatie de tous nous obliger à avaler une grande cuillerée de ce truc dégoûtant une fois par semaine et de nous faire boire une fois par mois un verre de jus d'orange avec de l'huile de ricin. J'ai dit à Fanny ce que j'en pensais. La douce Fanny Macgregor, reconnue pour son grand cœur, a dit :

« Le tuer, ce serait trop gentil. Il devrait être plongé vivant dans de l'huile de foie de morue bouillante après avoir été forcé à avaler trois bons litres d'huile de ricin ».

Je la trouve épouvantable!

Nous ignorions que Théo était assis sous la table, quand sa petite voix est parvenue à nos oreilles, sur un ton très grave : « La tête coupée, ce serait encore mieux! » a-t-il dit.

Après le souper

Jane, aujourd'hui nous avons eu un nouveau chien! Nous demandions d'en avoir un depuis DES ANNÉES. On nous disait toujours de cesser nos caprices. « Nous avons déjà un chien », disait papa chaque fois, en montrant Pixie du doigt.

Pixie est un chien, c'est vrai. C'est un terrier Boston. Elle est arrivée ici avec Tatie, juste avant la naissance de Théo. Elle avait alors onze ans. Maintenant, elle en a seize. Même si nous l'aimons tous beaucoup, elle n'aime que Tatie. Elle est noire et blanche, et elle devait être très mignonne quand elle n'était encore qu'un chiot. Maintenant, elle est tellement vieille que, chaque fois qu'elle respire, on entend un sifflement, comme si elle était asthmatique. Elle ne veut jamais jouer avec nous. Elle préfère suivre Tatie à la trace sur ses petites pattes maigres et arquées. Quand sa maîtresse s'assoit, Pixie lâche un grand soupir et s'écrase sur le plancher pour faire une petite sieste, jusqu'à ce que Tatie se relève et la force à se relever, elle aussi. Si Tatie le fait trop vite, Pixie se met à respirer comme une mourante. Elle n'est pas de bonne compagnie.

Mais aujourd'hui, nous avons un vrai chien, et il est très impressionnant. C'est grâce au docteur. Il était passé voir Théo, qui avait une mauvaise toux. Pendant sa visite, il nous a parlé d'un de ses patients qui vient de mourir et qui a laissé son chien orphelin.

« Il est docile, d'après sa sœur, et c'est un très bon chien, nous a expliqué le docteur Musgrave. Mais je ne peux pas le garder. Je suis trop souvent absent de chez moi. Est-ce que les enfants aimeraient le prendre? Il n'arrête pas de pleurer son maître, et cela m'inquiète. »

J'ai demandé comment il s'appelait parce que je suis fascinée par les noms. Le docteur a dit que personne ne le savait. Le monsieur l'appelait simplement « Le chien », comme si c'était un vrai nom. Je trouve ça nul. Je me demande ce que ce maître aurait pensé, si on l'avait appelé « Le monsieur » ou « Le bonhomme ».

« S'il te plaît, papa, a dit Théo, avec ses grands yeux suppliants, l'air d'un ange au cœur brisé. S'il te plaît! Je veux avoir un chien depuis tant d'années! »

Nous n'avons pas pu nous empêcher de rire. Mais papa a dit d'emmener « la bête » ici pour que nous puissions la voir avant de prendre une décision.

« Tout de suite », a dit Théo d'un ton suppliant. Puis il a demandé à être du voyage pour pouvoir tenir le chien. Le docteur a éclaté de rire. Quand il est revenu avec Théo, j'ai compris pourquoi.

Notre nouveau chien a passé le pas de notre porte dans un bruit de tonnerre digne d'un éléphanteau, Jane. Le chien traînait Théo, qui avait les bras autour de son cou, sans que ses mains puissent se rejoindre, et qui touchait à peine par terre avec le bout de ses orteils.

« Bienvenue, Hamlet, prince de Danemark », a dit papa, en riant puis en s'inclinant très bas.

Hamlet est un grand danois et il est ÉNORME. Nous en sommes tous fous. Je ne sais pas si papa l'aurait gardé s'il n'avait pas eu la bonne idée de donner le nom d'Hamlet à un grand danois. Donner un nom à quelqu'un, ça crée des liens.

Tatie a failli s'étouffer, mais quand Pixie s'est mise à battre frénétiquement de sa petite queue minuscule et qu'elle s'est laissé renifler « de la proue à la poupe », comme l'a dit papa, notre chère Tatie s'est approchée. C'était notre jour de chance, car Grand-mère avait une réunion avec son cercle des chrétiennes pour la promotion de la tempérance. Quand elle est revenue, Hamlet faisait déjà partie de la famille, et il ne lui restait plus qu'à l'aimer ou à l'endurer. Tout ce qu'elle a trouvé à dire, c'est que nous n'avions pas les moyens de nourrir un monstre pareil. Théo a aussitôt proposé de sacrifier la moitié de sa part au monstre. (Théo est capricieux pour la nourriture. Le pauvre Hamlet n'aurait plus que la peau et les os s'il n'avait que la moitié des portions de Théo à manger.)

« Jim Swenson va me fournir toutes les tripes que cette brave bête pourra manger, a dit papa. Il n'aurait jamais réussi ses examens de fin d'études si je ne l'avais pas aidé. »

Jim S. est le fils du boucher. Les tripes, c'est dégoûtant. C'est quelque chose à l'intérieur du ventre des vaches. Un jour, Tatie a voulu nous en préparer, mais personne n'est arrivé à en avaler, même pas une bouchée. C'est blanchâtre et gluant. Mais ça ne dérangera pas Hamlet. Il a l'air assez gros pour pouvoir manger une vache tout entière. Quand papa est parti chercher des tripes et qu'il est revenu à la maison, Hamlet battait de la queue avec frénésie.

Le chien s'appelle Hamlet, Jane, parce qu'Hamlet est un prince danois, dans Shakespeare. Papa a dû l'expliquer à tout le monde sauf à moi. Je l'avais déjà lu, par un après-midi de pluie. C'est dans un livre avec le nom de maman sur la page de garde.

Quand Hamlet est debout, Pixie passe sous lui comme si c'était une table ou un pont. Hamlet la regarde de toute sa hauteur et il bat de sa longue queue, tout content.

Mercredi 7 août 1918

Oh! Jane, tu aurais dû voir Myrtle quand elle a aperçu Hamlet pour la première fois. Tu te rappelles comment la femme de Lot, dans la Bible, a été changée en statue de sel? Eh bien, la pauvre Myrtle avait l'air de ça! Mais Hamlet est aussitôt allé vers elle, il lui a léché les doigts et, en lâchant un tout petit cri, elle a comme repris connaissance.

J'ai eu une grosse journée, Jane, tantôt à jouer avec

Hamlet et tantôt à faire des confitures. Je dois t'avouer, et à toi seule, que pour une framboise que je mettais dans le bol, « je m'en jetais deux derrière la cravate », si on peut dire! Tatie a fini par dire à Fanny de me remplacer et elle m'a ordonné de finir le repassage, qui aurait dû être fait hier. Si Myrtle était là, elle aurait pu le faire, non? Je déteste le repassage. Et Tatie le sait parfaitement bien.

J'ai fini par avoir droit à une pause en acceptant de jouer à chat avec Théo. Théo obtient toujours tout ce qu'il veut!

Jeudi 8 août 1918

Encore une journée à faire des confitures. De pêches, cette fois-ci. Nous avons manqué de sucre, mais les pêches étaient déjà extraordinairement sucrées. Demain, nous devons faire d'autres conserves. Je reprendrai mon écriture quand ce sera terminé. Je déteste faire les conserves, mais les pots tout bien alignés sont beaux à voir. On dirait de grosses pierres précieuses couronnées d'argent.

Vendredi 9 août 1918

Papa est rentré tôt avec le journal. Il avait l'air maussade. Nous étions en train de rire tous ensemble et nous nous sommes sentis coupables de le voir ainsi, comme si nous ne pensions qu'à nous amuser alors que nos hommes meurent dans les tranchées. Il a dit qu'il croit toujours que la guerre sera terminée d'ici Noël. Ça dure depuis toujours, et on a presque tout le temps l'impression que c'est normal. Puis quelque chose arrive, comme de voir des soldats blessés à la gare ou d'entendre papa parler de ceux qu'il connaissait et qui sont morts à la bataille de la Somme ou sur la crête de Vimy. Ça devient si réel que c'en est effrayant. J'ai de la chance de ne pas avoir de frères au front.

Le frère de Caro Galt, Gordon, a été tué en mars dernier. Quand on mentionne son nom, la guerre me semble soudain terriblement proche et réelle. Je me mets à y penser et j'ai de la peine pour tous ces jeunes. Pourtant, une demi-heure plus tard, je peux aussi bien me mettre à tergiverser sur la tenue à choisir pour le pique-nique de l'école, dimanche prochain, et les images de la guerre s'effacent de mon cerveau. Tatie dit que notre tête fonctionne de cette façon afin de nous protéger contre les horreurs que nous ne pouvons pas supporter. Elle a probablement raison.

Quand papa est retourné dans son bureau, nous sommes restés tranquilles, jusqu'à ce qu'Hamlet se mette à pourchasser Pixie. Vieille comme elle l'est, elle fait mille pas dans tous les sens afin de l'éviter, alors que lui n'a qu'à lever une de ses grandes pattes pour lui passer par-dessus la tête. Ils sont vraiment drôles à voir!

Hamlet nous fait du bien, avec tous les soucis apportés par la guerre. Il a l'air tellement digne qu'il nous fait rire aux larmes, comme un clown triste. Il essaie aussi de s'asseoir sur nos genoux et de grimper dans nos lits. Les uns comme les autres s'écrasent sous son poids. Tatie nous demande de garder les portes de nos chambres fermées. Nous n'avons pas le droit de le laisser monter sur le sofa, et il le regarde, l'air tout attristé.

« Si cette créature ose sauter sur mon lit, elle quittera cette maison sur l'heure, sinon ce sera moi », a dit Grand-mère, en le regardant d'un air sévère.

Le « prince de Danemark » s'est aussitôt éloigné d'elle, la queue entre les deux jambes. Il a tellement bien compris ce qu'elle voulait dire qu'il n'ose même pas s'approcher de sa porte. Elle a vraiment un regard qui tue.

J'ai vu Théo les lèvres entrouvertes et j'ai tout de suite su, à voir la lueur de colère dans ses yeux, qu'il s'apprêtait à dire que ce serait Grand-mère qui serait obligée de partir parce qu'Hamlet resterait, quoi qu'il arrive. Je me suis glissée derrière lui et j'ai posé ma main sur sa bouche. « Ne dis rien », l'ai-je averti.

Il a repoussé ma main, mais il est resté bouche cousue.

Tatie a trouvé une vieille couverture de voyage, avec une frange et des carreaux écossais, pour qu'Hamlet puisse se coucher dessus. Il l'aime tellement qu'il la transporte avec lui d'un endroit à l'autre, puis il nous regarde d'un air suppliant jusqu'à ce quelqu'un la lui installe par terre pour qu'il puisse s'étendre dessus. Sa couverture et lui prennent BEAUCOUP de place sur un plancher. Si la frange reste dressée quand il dépose sa couverture, il se couche, puis souffle dessus. Théo dit qu'il n'essaie pas de la mettre à plat, mais qu'il s'amuse à la regarder bouger sous l'effet du vent. Théo passe des heures à parler avec lui, alors il est bien placé pour le savoir.

Quand Tatie est occupée à la cuisine et qu'elle n'a pas le temps de s'asseoir pour prendre Pixie, sa chienne s'en va se coucher contre Hamlet, comme si c'était un sofa. Ils ont l'air tellement drôles! Puis ils se lancent dans un grand duo de ronflements! Même Myrtle, qui est toujours discrète et réservée, se prend à esquisser un sourire.

J'ai averti mon petit frère de ne pas essayer de donner l'idée à Hamlet de grimper sur le lit de Grand-mère. Il m'a regardée d'un air offusqué.

« Comme si je pouvais faire ça », a-t-il dit d'un ton imitant parfaitement celui de Tatie.

Samedi 10 août 1918

Aujourd'hui, nous avons eu la nouvelle d'une terrible bataille à Amiens. Nous n'avons aucun détail, car c'est arrivé tout juste hier, mais papa a réussi à savoir qu'il y a eu beaucoup de morts. Nos troupes ont fait une avancée de 19 km, ce qui est censé être remarquable. Moi, je trouve que des paquets de morts pour seulement 19 km, ce n'est pas terrible. Papa m'a dit que ce pourrait être le début de la fin. Je ne comprends pas pourquoi Dieu ne peut pas faire cesser ça. Je l'ai dit à Jo, et elle s'est contentée de hausser les épaules en disant :

« Ce n'est pas Dieu qui a commencé cette guerre, Fiona; c'est nous ».

Je voulais lui crier « Pas moi! » Mais je ne l'ai pas fait. Elle avait pleuré. Elle a peur qu'un des gars qui s'est enrôlé à la fin de l'année scolaire ne soit parmi les victimes. Je pense que ce n'est pas possible. Comment auraient-ils pu se retrouver là-bas aussi vite?

Je me mettais au lit quand j'ai entendu Tatie jouer du piano tout doucement. Elle jouait beaucoup plus souvent avant que Grand-mère arrive mais, chaque fois que papa est préoccupé, elle se met au piano et joue pendant une petite heure. Ça nous aide, nous aussi. Un jour, alors qu'elle commençait, j'ai vu la porte de Grand-mère qui s'ouvrait. Je l'ai dit à Tatie, et elle a souri.

Dimanche 11 août 1918

Ce matin, en route vers l'église, mon chapeau s'est envolé. J'ai couru dans la rue pour le rattraper et je l'ai retrouvé, le ruban coincé sous le sabot d'un gros bêta de cheval. Son maître, occupé dans une maison des alentours pour je ne sais quelle raison, n'a rien vu. Le cheval a finalement bougé, laissant le chapeau voler jusque dans le caniveau, où je l'ai récupéré. Évidemment, maintenant il lui faut un nouveau ruban. Je pourrais utiliser l'argent de mon anniversaire pour acheter des mètres de ruban. Au magasin, on peut se procurer du ruban de satin ou de moire pour 25 cents le mètre.

Samedi 17 août 1918

Lundi soir dernier, notre tante Jessica, qui est la femme d'oncle Walter, nous est arrivée comme un cheveu sur la soupe pour nous inviter, Fanny et moi, à venir passer une semaine chez elle. J'étais surprise, parce qu'elle ne nous a jamais invitées et là, ça fait deux fois qu'elle nous le demande. J'ai dit à Jo que j'étais surprise, et elle a dit que, d'après elle, tante Jessica sait qu'elle devrait recevoir Grand-mère chez elle afin de donner un peu de répit à Tatie, mais qu'elle n'arrive pas à s'y résoudre. Alors, à la place, elle nous demande de venir. Je me demande si Jo a raison.

Dans l'excitation des préparatifs de bagages, Jane, j'ai oublié ce carnet et je l'ai laissé caché au fond de l'étagère où je le garde à l'abri des regards indiscrets. Par contre, j'ai emporté *Orgueil et préjugés.* C'est un peu lent comme récit, mais je comprends maintenant pourquoi maman aimait Elizabeth Bennet. Les petites sœurs sont fatigantes, mais Jane est gentille. Elle me fait un peu penser à Fanny.

Nous nous sommes bien amusées. Oncle Walter passe toute la journée dans sa pharmacie, alors nous ne le voyons pas beaucoup, mais ce n'est pas quelqu'un de très détendu. Ils habitent en dehors de la ville, tout près de Sunnyside, à quelques pas du lac Ontario et, malgré l'eau qui est toujours glaciale, nous sommes allées nous baigner tous les jours même si nous devenions toutes bleues, avec la chair de poule. J'espère qu'un jour quelqu'un va inventer un tissu plus léger pour les maillots de bain. La laine mouillée est très désagréable à porter. Mais c'était bien quand même. Au coucher du soleil, nous nous étendions sur la plage et nous observions les étoiles qui commençaient à apparaître au-dessus du lac.

Nos cousins étaient partis aux États-Unis, en visite dans la famille de tante Jessica, alors nous n'avons pas eu à subir leurs manières autoritaires, ce qui était bien. Ce sont deux garçons. Ils ont quinze et dix-huit ans et ils se prennent pour les commandants en chef de tous les plus jeunes. Ils nous donnent continuellement des ordres, comme si nous étions leurs esclaves personnelles. Ils sont durs aussi. Quand leur mère ne regarde pas, Tom vous attrape le bras pour le tordre ou Georges s'approche de vous par derrière, sans faire de bruit, et vous donne dans le dos un coup assez fort pour vous faire perdre l'équilibre. Et ça les fait rire comme des bossus!

Tante Jessica en voit peut-être plus qu'il n'y paraît, et

c'est peut-être pour ça qu'elle nous a invitées pendant qu'ils ne sont pas là.

Même si je me suis bien amusée, j'étais contente de rentrer à la maison et de retrouver Théo, qui n'avait pas pu venir à cause d'un rhume, et Hamlet, qui nous a presque fait tomber par terre tant il était content de nous revoir. Il faut se méfier de sa queue, quand il est excité. Elle est assez forte pour renverser toutes les tasses et les soucoupes d'un service à thé posé sur une petite table. Tatie dit que c'est sa façon de faire des sourires et elle s'arrange pour mettre la porcelaine hors de portée de sa queue.

Jo et Jemma ont régulièrement pris notre Pégase pour faire des tours, alors il ne s'est pas ennuyé de nous. Ha! Il va falloir ouvrir l'œil, sinon nous risquons de perdre notre bel étalon!

Demain après-midi, nous irons chanter pour les soldats, Jane. Souhaite-moi bonne chance… et bon courage. J'aimerais pouvoir emmener Hamlet là-bas. Il saurait réconforter le soldat le plus triste au monde.

Dimanche 18 août 1918

Nous sommes rentrées de l'hôpital, et Fanny s'est endormie, alors je me suis glissée hors de notre chambre et me suis installée pour écrire dans le hamac de la véranda, à l'avant de la maison. Je vais sans doute écrire en faisant des montagnes russes, à cause du balancement du hamac qui fait monter et descendre ma plume sans arrêt.

Nous nous sommes drôlement bien amusées, à l'hôpital! Nous étions toutes habillées en costumes matelots, avec des jupes noires, et nous avions l'air d'un vrai chœur. Nous avons vu des choses tristes. La pire pour moi, c'était un homme qui avait l'air bien au premier coup d'œil, mais qui restait sans jamais sourire, ni parler, ni bouger. Il a perdu la vue et la mémoire à cause d'une « commotion due à une blessure à la tête ». La blessure a guéri, mais il ne fait plus que rester couché sans rien dire. Je l'ai vu battre des paupières, mais ses yeux restent sans mouvement et ne semblent plus rien voir du tout. Imagine que tu ne peux pas voir le monde qui t'entoure et que tu ne sais pas qui tu es ni où tu es.

Ils nous ont fait mettre en rangs, et j'ai été placée juste à côté de son lit. J'aurais facilement pu tendre le bras et le prendre par la main. Elle était inerte sur le couvre-lit, sans le moindre mouvement. Je me suis soudain sentie toute petite, à me trouver si près d'une si grande solitude. J'avais envie de tenir sa pauvre main. Mais je n'ai pas osé.

Il est arrivé quelque chose de drôle, vers la fin. Nous chantions un gospel, et Fanny venait de faire sa partie en solo quand un gros monsieur chauve avec une grosse barbe rousse en broussaille et seulement une jambe a brandi la béquille qu'il gardait à côté de lui et s'est mis à l'agiter dans les airs en hurlant :

« Vas-y donc, toi, ma petite, chez le bon Dieu. Vas-y. Tu ne pourras jamais trouver mieux. »

Puis il a entraîné les autres à nous applaudir, certains se sont mis à pousser des cris, et tous riaient et faisaient des blagues d'un style que Grand-mère aurait qualifié d'« effronté » ou de « scandaleux ». L'infirmière nous a dit qu'elle trouvait que nous avions très bien chanté, mais que nous devrions peut-être nous en aller maintenant, avant que les choses ne dégénèrent.

Nous avons donc commencé à sortir, et les hommes nous disaient de revenir bientôt et de bien nous conduire et un tas d'autres taquineries.

« Ne faites pas quelque chose que je ne ferais pas moi-même », m'a crié l'un d'eux.

Il était couvert de bandages, et un de ses camarades a crié :

« Pauvre petite! Il a déjà tout essayé. » Un autre a dit :

« Ne fais pas attention à lui, petite. » J'ai essayé de voir si l'aveugle souriait, mais en vain, car son lit était plongé dans l'ombre à ce moment-là.

Quand je pense à leur courage et qu'ils sont capables de rire comme ça malgré leurs souffrances, je me sens toute triste. Fanny pleurait avant de s'endormir.

Quand tu auras mon âge, Jane, j'espère qu'il n'y aura plus de guerres dans le monde et que plus personne ne se retrouvera dans une salle d'hôpital comme celle-là. Cette guerre est censée être la dernière, mais papa dit que ceux qui le croient n'étudient certainement pas l'histoire ou ne connaissent rien à la nature humaine. Tatie dit qu'il est pessimiste. On dirait que je COMMENCE à le connaître un peu mieux. Je ne crois pas qu'il soit pessimiste. C'est un homme de cœur, qui souffre de ce qu'il peut deviner des souffrances des autres.

Un des garçons de la classe de Jo est mort à Amiens, comme elle le craignait. C'était un beau jeune homme aux cheveux bouclés et aux yeux bruns pleins de charme. Il ne m'a jamais vue, bien sûr, mais je crois qu'il était amoureux de Jo. Jemma et elle étaient allées à la gare pour voir les garçons, à leur départ. Je leur avais demandé de les accompagner, mais elles n'ont pas voulu.

« Ce n'est pas un endroit pour les enfants », m'a dit de son ton traînant Pamela, l'amie snob de Jemma. Elle pense qu'elle parle comme une actrice de cinéma. Je suis certaine que Jo la trouve idiote, mais Jemma l'admire parce qu'elle est si « raffinée ». Jemma la trouve d'une minceur admirable. Moi, je trouve qu'elle a l'air d'un piquet flanqué de deux anses en guise de hanches.

Jo a de la peine pour tous les soldats qui sont au loin. Au début (il y a de ça des années maintenant), nous les trouvions tous si beaux dans leurs uniformes, et la fanfare militaire nous faisait nous sentir fiers et enthousiastes. Les drapeaux flottaient au vent, et la fanfare et les uniformes nous remuaient le cœur. Mais depuis, tout le monde a vu des blessés comme ceux pour qui nous avons chanté ou des hommes qui souffrent de commotion. Certains disent que les commotionnés sont des lâches et qu'ils font semblant d'être malades pour ne pas être obligés de retourner au front. Je ne les en blâmerais pas, même si c'était vrai. Papa dit que ces gens font preuve d'ignorance et d'un manque flagrant de compassion. Il a du mal à en parler, tant il est fâché.

Un de ses amis est revenu comme ça, et papa va le visiter dès qu'il le peut. Autrefois, ils jouaient aux échecs ensemble, mais maintenant la main de son ami tremble trop.

Ce soir, Tatie a joué du piano jusqu'à passé onze heures. Maintenant qu'elle a arrêté, je vais pouvoir m'endormir.

Papa aussi.

Lundi 19 août 1918

J'ai dépensé un dollar pour quatre bouts de ruban, tous de couleurs magnifiques. Trop colorés pour mon chapeau? Non, madame! J'ai bien l'intention de me faire remarquer en en garnissant le tour de mon chapeau ou en les faisant pendre dans mon dos. J'en ai acheté plus qu'il n'en faut, car on ne sait jamais quand un cheval va marcher sur les rubans de votre chapeau. Grand-mère a dit que je faisais du gaspillage, mais Tatie a passé le doigt sur les rubans de satin avec un air d'envie, comme si elle avait voulu m'en piquer un ou deux en douce.

Il est arrivé quelque chose d'étrange au souper. Grand-mère a soudain claironné :

« J'ai vu Dulcinée Trimmer aujourd'hui. »

Je n'en avais jamais entendu parler, mais Grand-mère fixait papa des yeux comme s'il avait su de qui elle parlait. Il régnait un silence gênant, puis il a dit :

« Oh! Comment va-t-elle? Je n'en ai pas entendu parler depuis des années. »

« Toujours aussi jolie et charmante, lui a répondu Grand-mère. Elle a quitté sa place de directrice dans une école privée afin de s'occuper de sa mère. Elle habitait à Hespeler, mais elle a vendu la résidence familiale et elle a acheté une petite maison non loin d'ici. Elle a demandé de tes nouvelles. Elle ne s'est jamais mariée, tu sais. »

Papa s'est brusquement levé et s'est excusé, même s'il n'avait pas fini sa croustade aux pommes, et il est parti dans son bureau pour continuer sa lecture.

« Qui est Dulcinée Trimmer? » a demandé Jemma.

Tatie s'est levée et est partie faire quelque chose à la cuisine.

« C'est une vieille amie de David, a dit Grand-mère. Il l'accompagnait souvent dans des fêtes, avant de rencontrer Rose. »

« Tu veux dire Ruth », l'a reprise Emma.

« Bon, oui : il les a rencontrées toutes les deux. D'accord? » a dit Grand-mère avec un sourire narquois bizarre. Je ne sais pas ce que ça voulait dire, mais c'était quelque chose de mesquin, j'en suis sûre. Et elle a poursuivi :

« Nous pensions tous qu'il s'intéressait à Rose, au début, mais tu as raison, Jemima. J'aurais dû dire Ruth. »

Il y avait quelque chose d'intrigant dans sa façon de parler. Nous la fixions tous des yeux, sauf Théo. Grand-mère en a fait autant, comme si elle voulait nous mettre au défi de lui répondre. Puis elle a replié sa serviette de table et elle s'est retirée pour aller lire le journal.

Nous sommes restés assis là, délaissés par tous les adultes. Cela n'arrive jamais, pas au souper. C'était étrange. Mais Tatie est revenue et s'est assurée que Théo mangeait son dessert jusqu'à la dernière miette.

Ce qu'ils ont dit semble bien ordinaire, quand on l'écrit, mais ce ne l'était pas du tout, quand ils le disaient. Je me demande à quoi ressemble cette Dulcinée et pourquoi nous n'en avons jamais entendu parler avant.

Mardi 20 août 1918

J'ai complètement oublié de dire plus tôt que Jo a été

acceptée en médecine à l'Université de Toronto. En apparence, elle est très excitée, mais intérieurement elle est morte de peur.

Je suis contente que ça ne se passe pas comme pour les infirmières en formation. Elles sont obligées de vivre en résidence et de travailler à l'hôpital tout le temps, à vider des bassins hygiéniques et à ramasser du vomi ou d'autres horreurs. Jo peut vivre chez nous et aller à ses cours, ce qui est très bien.

Mercredi 21 août 1918

Je sais que j'aurais dû écrire plus longtemps hier, mais j'en étais incapable. Je n'arrêtais pas de penser à ces hommes à l'hôpital, à leurs familles, à leurs blessures de guerre et à tous ceux qui ne reviendront jamais chez eux. Je n'arrêtais pas de pleurer jusqu'à ce que Tatie nous envoie, Fanny et moi, faire un tour de tandem avec quelques sous pour nous acheter de la crème glacée. Quand je suis rentrée, j'étais toujours incapable d'écrire. J'avais juste envie de me sauver très loin. Alors j'ai relu les passages à propos de Beth dans *Les quatre filles du docteur March*. Pendant ce temps-là, je pouvais pleurer tant que je voulais sans que personne ne me pose de questions.

Myrtle, qui ne parle à pratiquement personne sauf à Tatie, m'a demandé si je m'étais fait mal. Je lui ai dit que non et je lui ai tourné le dos. Elle n'a pas insisté.

Je me sens mieux aujourd'hui, j'ai repris mes esprits. J'ai promis de retourner à l'hôpital même si papa dit que c'était peut-être trop pour des enfants de douze ans. Je ne vois pas pourquoi une enfant de douze ans ne devrait pas être confrontée au malheur, ne pas connaître la réalité. Nous sommes des êtres humains, tout comme papa et Tatie. Quand nous sommes là, avec ces hommes, je ne me sens pas comme « une enfant de douze ans ». Je ne me sens pas tout à fait comme une adulte non plus, mais ça va venir.

Jeudi 22 août 1918

Je suis ENCORE sortie avec mon drôle de petit frère, pour aller nourrir un de ses chevaux. Tu ne savais pas que ton oncle Théodore était propriétaire de chevaux? Eh bien oui, Jane! Selon Théo, Fred, le cheval du laitier, est son ami, et il se charge de lui donner à manger. Betsy, la jument du boulanger, est sa meilleure amie et, à son dire, elle serait maigre comme un chicot sans lui, même si, d'après moi, elle est bien en chair. Il y a aussi Gertrude, la jument du marchand de glace, et Jasper, le cheval du rétameur. Il y en a encore un autre, mais j'ai oublié son nom.

Théo leur apporte à chacun du pain, des pommes, des bouts de carottes ou même un peu de sel à lécher dans le creux de sa petite main. Il doit toujours se faire accompagner par l'un d'entre nous depuis que Grand-mère a entendu parler, à une réunion de son cercle des femmes presbytériennes, d'une fillette qui s'est fait piétiner par un cheval et qui a eu les orteils écrasés. Papa a dit que c'était complètement idiot, mais Tatie ne veut pas mettre en danger les orteils de son petit chouchou d'amour. Alors quelqu'un doit accompagner Théo dans sa tournée de bienfaisance quotidienne.

C'est très amusant, Jane. Je te l'avoue à toi, mais à personne d'autre, que j'aime y aller avec lui. Les chevaux sont des créatures si nobles, si formidables, et ils surveillent l'arrivée de Théo.

Papa dit que, un jour, un cheval va confondre la touffe de cheveux blonds de Théo avec un tas de foin, et qu'il va nous revenir chauve à la maison. Papa s'est fait lancer des regards furieux par tout le monde, sauf Grand-mère et Hamlet. Hamlet avait quand même l'air désolé, mais c'est l'expression naturelle de sa face, avec les joues qui pendent et les yeux tristes.

Je sors aussi avec Théo quand il va faire un tour de tricycle. Tatie a peur qu'il se mette à aller trop vite, qu'il se retrouve dans la rue et qu'il se fasse écraser. Mais son tricycle, même s'il est de marque Canuck, ne va jamais très vite quand c'est lui qui pédale. Souvent, je pose le pied sur la barre entre les deux roues d'en arrière et mes mains par-dessus les siennes, et je le pousse de l'autre pied. Nous filons alors à toute vitesse, et il adore ça. Ni lui ni moi n'en avons parlé à sa Tatie poule.

Vendredi 23 août 1918

Nous allons retourner chanter pour les soldats. Je ne pense pas que je vais le raconter par écrit, cette fois-ci. Ça me fait trop de peine. Mais je te dirai si Barberousse s'amuse encore à faire le rigolo.

Nous avons préparé Jo pour son entrée à l'université. Elle m'a dit en secret qu'elle avait l'intention de se faire couper les cheveux avant le début des cours. Pour une fois,

Jemma et elle ne seront pas pareilles. Jemma peut s'asseoir sur ses cheveux et elle en est très fière. Je me demande si Jo va s'en tirer aussi bien que Jo dans *Les quatre filles du docteur March.* Notre Joséphine a de magnifiques cheveux, même si elle ne le croit pas.

Caro Galt porte les siens dans le dos, attachés par un gros nœud sur la nuque. Elle est superbe! Jemma nous rappelle tout le temps que dans la Bible, on dit que les cheveux d'une femme sont son plus bel attribut. Le plus étrange, c'est que les cheveux de Jo sont bien plus beaux que ceux de Jemma. Personne n'en dit jamais rien ni à l'une ni à l'autre, de peur que Jo se fâche ou que Jemma se sente blessée. Ceux de Jo sont exactement de la même couleur que la coquille d'une noisette bien polie. Ceux de Jemma sont simplement bruns, sans reflets roux. Beaux, mais ordinaires.

« N'importe quoi! » répondrait à ça Joséphine Macgregor.

Tatie porte les siens en chignon sur la nuque ou remontés sur le dessus de la tête, quand elle s'habille chic. C'est très élégant quand ils sont comme ça.

Samedi 24 août 1918

Jo s'est fait couper les cheveux. Ils lui tombent sur les épaules maintenant. Ils sont encore assez longs pour pouvoir les rassembler en un petit chignon sur sa nuque. Elle peut toujours les coiffer avec un coussin à chignon et faire croire qu'ils sont plus longs. Un coussin à chignon, Jane, c'est un machin en fil de fer sur lequel on enroule ses cheveux pour faire paraître un chignon plus fourni.

Elle est rentrée et elle s'est présentée devant la famille, l'air d'être quelqu'un d'autre. Personne n'a dit un mot pendant quelques secondes. Personne n'a même émis le moindre cri de surprise. Puis Théo, dont les yeux lui sortaient de la tête, lui a demandé où était passé le reste de ses cheveux, et elle lui a tendu le sac qui les contenait. Ils les avaient ramassés par terre. Tatie a lancé un cri de surprise, a refoulé quelques larmes et lui a dit qu'elle était « vraiment jolie ». Mais elle n'avait pas l'air très convaincue.

Personnellement, Jane, je trouve que c'est superbe. Je ne m'attendais pas à ce qu'ils bouclent au bout comme ça. Quand elle bouge vite, ils ondulent et ils sont pleins de reflets sous l'effet de la lumière. Je n'en dirai rien maintenant mais, quand je serai grande, je vais faire couper les miens comme ça.

Grand-mère a dit qu'elle avait des palpitations, comme de raison. Jemma est restée sans rien dire. Elle n'arrêtait pas de regarder Jo, puis brusquement, a détourné les yeux, comme si elle était blessée de voir sa sœur si changée. Elles ont toujours porté leurs cheveux de la même façon jusqu'à aujourd'hui.

Puis papa s'est levé et l'a serrée très fort dans ses bras, et Jo s'est mise à pleurer. Jemma aussi l'a serrée dans ses bras, mais elle avait quand même l'air bizarre.

On éteint les lumières!

Dimanche 25 août 1918

Nous sommes retournées à l'hôpital, et il est arrivé quelque chose d'extraordinaire. Je ne l'ai même pas raconté à Fanny, mais je devrais peut-être le faire. J'étais près du même soldat, celui qui ne dit jamais un mot et qui n'a pas l'air de voir. J'étais en train de me dire qu'il devait se sentir terriblement seul, et ça ne me lâchait plus. Tandis que nous chantions à pleines voix et que personne ne regardait, j'ai tendu le bras et j'ai posé ma main sur la sienne. J'étais là, debout, lui tenant simplement la main. Elle reposait sur son lit, la paume tournée vers le bas, Jane, et quand j'ai voulu retirer ma main, il a retourné la sienne et l'a saisie. Il est très faible et, la seconde d'après, nous nous sommes tous les deux lâché la main. J'en ai perdu la voix d'émotion, mais les autres ne s'en sont pas aperçues, car elles étaient en train de chanter avec entrain un hymne à la gloire de la chrétienté.

« Est-ce que vous vous appelez Tom, Richard ou Harry? » ai-je murmuré, juste pour ne pas rester là sans rien dire.

Je ne m'attendais pas à ce qu'il me réponde, et il ne l'a pas fait sur le coup. Mais, au moment où on nous regroupait pour nous faire chanter une dernière chanson, j'ai entendu un tout petit filet de voix un peu rauque me murmurer : « Michael ».

Alors, au moment de partir, j'ai traîné à la queue du groupe et je lui ai chuchoté : « Au revoir, Michael ».

Il n'a pas répondu, ni tourné la tête, ni fait aucun geste, et je suis partie avec les autres. Jane, j'avais les genoux qui en tremblaient et les jambes molles comme de la guenille.

J'ai du mal à croire ce qui est arrivé et je devrais peut-être en parler à quelqu'un. Mais à qui? Grand-mère serait trop choquée pour pouvoir en parler. Non, pas elle. Elle me sermonnerait pendant des heures! Tatie aussi, sans doute.

Il me faisait un peu penser à Théo. J'ai décidé que j'allais y retourner et, cette fois-là, je saurai bien quoi faire.

Lundi 26 août 1918

Je ne pense plus à rien d'autre qu'à ce pauvre soldat. Je crois que je vais devoir en parler à Tatie, mais je ne sais pas trop par quel bout commencer. Comment lui expliquer que j'ai pris sa main comme ça? «Tu as du front tout le tour de la tête ! » : c'est ce que je me ferais dire. C'est sûr, je vais me faire dire que je suis effrontée. Si j'étais une bonne fille bien élevée, je n'aurais même pas eu l'idée de faire une chose aussi déplacée. Oh, Jane! Je ne sais plus quoi penser.

Tatie a commencé à coudre nos tenues pour l'école.

Mercredi 28 août 1918

Nous sommes occupées à nous préparer pour l'école. J'ai beaucoup grandi depuis l'automne dernier, et Fanny aussi. Normalement, nous aurions dû récupérer les affaires de Jo et Jemma, mais nous sommes trop grandes. Pas seulement trop grandes, mais aussi plus larges d'épaules et plus longues des bras. Nous tenons ça de notre côté Macgregor, selon Tatie. Il me faut de nouveaux chemisiers, et nous devons nous coudre de nouveaux sous-vêtements. Grâce au Ciel, Myrtle aime faire les ourlets! Elle les fait bien, aussi. Ses points sont petits et réguliers, et Tatie me dit tout le temps d'essayer de les faire aussi bien. C'est la seule fois où j'ai surpris Myrtle à sourire.

Tatie nous a acheté des rubans de dentelle pour en orner nos jupons. Ça les rallongera, mais c'est diablement difficile à coudre. Ça vaut quand même la peine. C'est très joli et ça me donne presque l'impression d'être riche. Et, bien sûr, j'ai des paquets de rubans à chapeau, grâce à ce cheval! J'en ai déjà utilisé quelques-uns pour attacher mes cheveux dans mon dos avec un gros nœud. C'était splendide!

Nous serons dans la classe des plus grands, cette année. C'est la classe de présecondaire, mais elle aura peut-être un autre nom quand tu seras rendue là, Jane. Quand on termine cette année-là, on écrit les examens d'entrée au secondaire. Les élèves de secondaire m'ont toujours paru si importants, et voilà que nous allons bientôt en faire partie!

Jeudi 29 août 1918

J'ai laissé de côté *Orgueil et préjugés* et j'ai commencé à lire *Le rosaire*, de Florence Barclay. Je ne pouvais plus le lâcher. Tatie dit que c'est un livre idiot, mais elle l'a quand même aimé. Moi aussi. C'est si romantique! Le héros aveugle était, dans ma tête, à l'image du soldat blessé de l'hôpital. J'ai pleuré comme une madeleine. Et j'ai sauté des mots et des lignes, assez pour le terminer avant que Tatie nous dise d'éteindre.

Les personnages du Rosaire ne sont pas réels comme Elizabeth et Jane Bennet. Ce doit être horriblement difficile d'avoir Mme Bennet pour mère. À mon avis, c'est encore mieux d'être orpheline de mère, comme Fanny et moi. Elle nous mettrait dans l'embarras chaque fois que nous aurions à sortir avec elle.

Dimanche 1er septembre 1918

Une fois de plus, les nouvelles de la guerre sont terribles. Je ne suis pas capable d'en parler par écrit.

J'ai une nouvelle jupe plissée qui monte presque à l'horizontale quand je virevolte. Fanny en a une aussi et, pour une fois, Tatie nous a laissées choisir des couleurs différentes. La mienne est bleu marine et celle de Fanny est brun chocolat.

Je vais la porter la prochaine fois que nous irons à l'hôpital, si Tatie ne me l'interdit pas. J'ai promis de ne pas virevolter.

Papa vient de rentrer et il nous a dit que nos troupes avaient réussi à pénétrer la ligne Hindenburg! C'est vraiment très important. Papa dit que c'est la ligne de fortifications des Allemands et que ceux-ci la croyaient impénétrable.

« Les pertes doivent être faramineuses! » a dit Tatie, d'un ton grave,

« Mais la fin approche, Rose », a dit papa, en posant la main sur son épaule. C'était bizarre. Jusqu'au moment où je l'ai vue lever la main pour la poser sur la sienne, je ne m'étais jamais rendu compte que je ne l'avais jamais vue le toucher auparavant, en tout cas, pas à mon souvenir. Je crois que je l'ai remarqué parce que moi-même j'ai touché la main de Michael. Je ne sais pas pourquoi, mais il y avait quelque chose de très particulier dans ce geste.

Elle avait raison à propos des pertes : « Des milliers », disent les journaux.

Lundi 2 septembre 1918

Myrtle était malade aujourd'hui, alors nous avons dû faire la lessive sans elle. J'avais pour tâche d'étendre le linge propre. Je me sentais si excitée, avec le soleil et le vent dans les arbres, et la rentrée qui approche à grands pas, que je me suis accordé la permission de m'asseoir dans l'herbe « juste une minute ». Puis, sans m'en rendre compte, je me suis étendue par terre et j'ai laissé mes paupières se fermer. Théo est arrivé en courant pour me réveiller. Grâce à lui, je me suis remise à suspendre les serviettes quelques secondes avant que Tatie arrive, l'air furieux. Elle m'a regardée, puis elle a noté le peu de linge qu'il y avait sur la corde et la présence de Théo. Il rougissait, le regard fixé sur le bout de ses bottes. Il ne supporte pas que sa chère « maman » soit mécontente de lui. Puis elle a fait volte-face.

« Bravo, Théo! lui a-t-elle lancé par dessus son épaule. Continue de l'avoir à l'œil! »

Et elle est retournée dans la maison, d'un pas de sergent-major.

Bravo, en effet.

Comment veux-tu que j'y arrive, en tant qu'écrivaine, Jane? J'essayais de rendre la scène un peu plus vivante, sinon cette journée aurait été totalement nulle.

Je pensais que la ligne Hindenburg avait été définitivement brisée, mais c'est encore dans les journaux. Je n'arrive pas à y croire.

Je n'arrive pas à croire non plus que les classes vont commencer demain, même avec toute la couture que nous avons faite. Le début d'une nouvelle année est toujours une aventure. En tout cas, c'est comme ça que je me sens.

Mardi 3 septembre 1918

La Rentrée! Nous sommes encore des élèves de Jesse Ketchum, même si, une fois de plus, notre bâtiment a été réquisitionné par l'armée. Nous manquons d'espace. Maintenant que nous sommes plus grandes, M. Briggs dit que nous devons nous individualiser. Nous sommes censées avoir chacune notre pupitre, mais il n'y a pas assez de place.

M. Briggs est à la fois directeur de l'école et titulaire des élèves de 8e année. Déjà des devoirs à faire!

Je continuerai de t'écrire demain, Jane. Tatie m'appelle pour plier des draps. Nous le faisons quand Myrtle est absente parce que, quand elle est là, elle laisse tomber son bout dès qu'on tire un peu fort. Et nous avons des paquets de draps à plier.

Mercredi 4 septembre 1918

J'aime beaucoup M. Briggs. Les autres disent qu'il est trop sévère, mais il a comme une étincelle dans le regard. Il ne corrige même pas les garçons à tout bout de champ à coups de martinet, comme M. Short le faisait l'an dernier. Je déteste ça, quand on administre une correction. On entend les coups sur la main, puis au bout de quelques secondes, les premiers gémissements. C'est horrible. Je suis bien contente que personne ou presque, ne corrige ainsi les filles. Certains maîtres le font, ai-je entendu dire, mais ce n'est jamais arrivé à une fille de ma classe.

Cette école-ci est vieille, mais pas autant que Jesse Ketchum. J'aime bien pouvoir me dire que d'autres élèves, filles et garçons, ont marché dans les corridors avant même que je sois née et qu'ils ont laissé des creux là où ils posaient leurs pieds dans les escaliers. Fanny dit que ce serait bien mieux d'avoir une école neuve. Ça ne sentirait pas la vieille poussière de craie. Moi, je trouve que toutes les écoles, anciennes ou nouvelles, sentent l'arithmétique.

« Et ça sent quoi, l'arithmétique? » voulait-elle savoir.

« Ça sent le sec », lui ai-je répondu, et elle a éclaté de rire. J'adore faire rire ma sœur. Ça me change de son éternel sourire à la Mona Lisa!

Jeudi 5 septembre 1918

Les nouvelles de la guerre semblent meilleures, même si rien n'est encore réglé.

Pixie a eu une crise aujourd'hui. J'ai cru qu'elle allait mourir. Elle est devenue toute raide, ses yeux se sont révulsés et ses jambes étaient agitées de secousses. Mais elle s'en est sortie.

Tatie a pleuré, et je l'ai serrée dans mes bras. J'ai pleuré moi aussi, mais c'était à cause de Tatie qui se mettait à pleurer. Après tout, Pixie est maintenant une véritable antiquité. Tatie l'a eue encore plus jeune qu'Hamlet.

Vendredi 6 septembre 1918

Un autre « brèche » a été percée dans la ligne Hindenburg. En un point clé, dit papa. Mais il y a eu des milliers de morts. C'est censé être extrêmement important, mais moi je pense à toutes les mères et à toutes les sœurs qui entendent ces nouvelles.

Ça suffit! Je n'arrive pas à m'empêcher d'y penser, et ma page va être toute mouillée, avec de grandes traînées d'encre. Je fais déjà assez de pâtés comme ça!

Samedi 7 septembre 1918

Je ne sais pas quelle mouche a piqué Tatie, mais aujourd'hui nous avons dû l'aider à faire le ménage toute la journée : battre les tapis, laver les rideaux, cirer les meubles et les rampes, et même laver les vitres avec du vinaigre et du papier. Je n'y comprends rien. Dommage que Myrtle ne vienne pas les samedis et les dimanches. Je suis trop fatiguée pour écrire intelligemment. Pauvre Jane!

Plus tard

Finalement, j'ai pu voir la fameuse Dulcinée Trimmer, et j'ai eu la peur de ma vie! Pour faire changement de nos « éternelles tâches ménagères », Tatie m'a envoyée à la boulangerie acheter un petit bonhomme de pain d'épices pour Théo parce qu'il est malade et qu'il fait pitié à voir. Il y a des tables pour servir le thé à l'avant de la boutique, et Grand-mère était là, assise avec quelqu'un que je ne connaissais pas. Quand elle m'a aperçue, elle m'a dit de m'approcher et m'a présenté Mlle Trimmer.

« Voici ma petite-fille Fiona, a-t-elle dit. Tu te rappelles que je t'ai parlé des deux paires de jumelles de David? »

Mlle Trimmer a hoché la tête en souriant. Et elle continuait de sourire et de sourire, vraiment bizarrement.

Impossible de ne pas le remarquer parce qu'elle a de très grosses dents, très très blanches. Elles seraient parfaites pour une annonce de dentifrice Pepsodent. Pendant un moment, je me suis demandé ce qui rendait son sourire si bizarre, puis j'ai compris : il était figé. Il ne devenait pas plus grand; il ne retroussait pas d'un côté ni de l'autre. Il était vraiment figé, comme sur le visage d'une poupée. Mais pas ses yeux qui, allant de haut en bas et de bas en haut, m'examinaient sous toutes les coutures, sans aucune retenue, comme si j'avais été un vulgaire spécimen de je ne sais pas quoi. Elle me donnait l'impression que j'avais des traces de gras sur mon chemisier ou une tache sur le bout de mon nez.

« J'ai bien connu ton père avant qu'ils ne partent tous à cette stupide guerre, a-t-elle dit, avec une espèce de petit gloussement à la fin de chacun de ses mots. David et moi étions de GRANDS amis, n'est-ce pas Mme Macgregor? »

En disant « grand », elle a fait chanter sa voix et elle a étiré le mot à l'infini. Jane, elle a même regardé Grand-mère d'un air entendu, et Grand-mère en a fait autant, en y ajoutant un petit signe de tête pour confirmer, aurait-on dit.

« Très intéressant », ai-je dit en me sauvant. Je me suis retrouvée dehors sur le trottoir, quand je me suis souvenue que je devais acheter un pain d'épices pour Théo.

Par chance, il y a une autre boulangerie un peu plus loin dans cette rue, alors j'ai couru jusque chez Guthrie et je l'ai acheté là. Il ne s'en est pas aperçu, mais Tatie oui. Elle m'a demandé pourquoi j'étais allée à la boutique qui était la plus éloignée.

« Grand-mère et Dulcinée Trimmer prenaient le thé dans l'autre », lui ai-je expliqué.

« Oh! » a-t-elle dit, comme si elle avait tout compris. Puis elle a ajouté : « Mlle Trimmer? Tu m'en diras tant, jeune fille. »

« Oui, Mlle Trimmer, ai-je répété docilement, dans l'espoir de lui en faire dire davantage. Tatie, est-ce que Dulcinée Trimmer était vraiment une très grande amie de papa, autrefois? »

« Je t'ai déjà demandé de l'appeler Mlle Trimmer », m'a rappelé Tatie. Puis elle m'a souri et m'a dit en marmonnant :

« Cette pimbêche me donne des boutons. Ta grand-mère l'a invitée à venir prendre le thé demain. Une fois, Ruth m'a dit que ta grand-mère trouvait qu'elle était un beau parti et qu'elle espérait que David la demanderait en mariage. »

Je me suis assise et j'ai essayé de lui tirer encore un peu plus les vers du nez. Mais elle m'a poussée du coude en riant, puis elle m'a dit :

« Ça suffit, Fiona Rose. Cours vite t'occuper de ton petit frère. Il est dans tous ses états parce que je le garde à la maison jusqu'à ce que son mal de gorge soit complètement guéri. »

Alors je n'ai pas pu en apprendre davantage sur cette mystérieuse demoiselle, Jane. Tu aurais dû voir le regard que se sont échangé Grand-mère et Mlle Trimmer quand elle lui a dit que j'étais « une des paires de jumelles » de David. Elle me donne des boutons à moi aussi!

Je viens d'avoir une révélation! Je suis à peu près

certaine que c'est parce que Dulcinée T. vient pour le thé que Tatie s'est mise à faire le ménage avec tant de frénésie. Ah! Ce n'est pas la famille Macgregor qui va se faire prendre en défaut!

Dimanche 8 septembre 1918

Nous sommes encore allées à l'hôpital, et il s'est passé quelque chose de vraiment très étrange. Michael n'était plus là. Je n'arrivais pas à y croire. Finalement, j'ai demandé à une infirmière où il était passé, et elle a dit :

« Oh! C'est un vrai miracle! Juste après votre visite de l'autre fois, il a parlé à une des infirmières, Mlle Reynolds. Il se rappelait son nom. »

Elle allait repartir quand je l'ai rattrapée par le bras :

« Et comment s'appelle-t-il? » lui ai-je demandé.

Elle m'a regardée bizarrement. Et les autres filles qui étaient là, aussi. Mathilde Osborne a dit en ricanant : « Elle n'a aucune éducation! »

Nancy Spry a chuchoté :

« Regarde bien, Mathilde ».

L'infirmière m'a alors répondu : « Michael Franks. »

Puis, pour lui rabattre le caquet, elle l'a regardée sévèrement et a dit :

« Il a été transporté dans une salle de convalescence où ils peuvent l'aider à s'en remettre. Quand il s'est mis à parler, nous n'arrivions pas à y croire. Tout un choc! »

« Fiona, tu viens? » a dit Mlle Banks. Alors j'ai dû m'en aller. J'ai failli éclater en sanglots : un peu parce que j'aurais tant voulu le revoir, mais aussi parce que je suis si contente qu'il aille mieux! J'en ai finalement parlé à Fanny. Elle était fascinée par toute cette histoire, mais elle m'a dit de ne pas en parler à Tatie. Alors je ne lui en dirai rien. Je me demande si j'y suis un peu pour quelque chose. Au moins, maintenant, je sais que je ne lui ai pas fait de mal.

J'aurais aimé entendre Tatie jouer *l'Hymne à la joie* de Beethoven. Mais quand je suis rentrée à la maison, Dulcinée Trimmer venait de partir, et Tatie montait à sa chambre pour se reposer un peu. Elle avait l'air épuisée, alors je crois que je vais commencer à préparer le souper pour lui faire une surprise.

Lundi 9 septembre 1918

J'ai un texte à apprendre par cœur. C'est d'Alfred Lord Tennyson. C'est beau, mais c'est triste. Voici le début :

Le soleil est couchant, et du soir est l'étoile...
Un appel décisif, me dit : Viens, viens à moi!
Qu'il n'y ait sur le banc ni récif, ni de voile,
Et prenons à la mer, sans gémir, sans émoi!
Oh! que la mer soit calme, et sa face enivrante;
Qu'elle soit sans écume, et sans bruit – sans écueils,
Que sa fondation, soit vive et séduisante,
Pour me conduire au « Home! » à ses éternels seuils!

Les premières lignes sont mes préférées. Celles de la deuxième strophe aussi :

Le crépuscule est là - j'entends du soir la cloche,
Les ténèbres profondes touchent le firmament.
Que nos adieux soient doux; il faudrait une torche
Au moment du départ, à notre embarquement.

Ça parle de la mort. J'espère qu'aucun de mes proches

ne mourra avant que nous soyons tous très, très vieux. Alors, il le faudra bien. Ce sera naturel. Fanny doit apprendre un poème sur la mort, elle aussi, mais il est plus court. Il est de Robert Louis Stevenson. En voici le début :

Sous le vaste ciel étoilé
Creuse la tombe et laisse-moi en paix;
Heureux ai-je vécu et heureux je suis mort
Et me suis couché ici de mon plein gré.

C'est moins triste que le mien, mais moins poétique, aussi. Papa m'a parlé de cet écrivain. Il était très malade et il est parti vivre du côté des mers du Sud. Je me demande s'il est vraiment mort heureux. C'est difficile de croire qu'on peut mourir heureux.

Tous les soirs, Théo dit en prière :

Il est l'heure d'aller au lit.
Si je meurs avant le jour,
Mon Dieu, je vous en supplie,
Veillez sur moi pour toujours.

Je pense qu'il ne comprend pas ce qu'il dit en prière. En tout cas, j'espère que non.

Mardi 10 septembre 1918

Ce matin, M. Briggs nous a demandé de faire semblant d'écrire une page de notre journal intime. Il a lu mon texte à toute la classe.

« Chouchou, comme d'habitude », a chuchoté Annie Cray. En retour, je lui ai fait mon plus beau sourire. Elle était verte de jalousie! Il faut dire que j'étais injustement avantagée. La plupart n'ont jamais écrit leur journal. J'ai raconté l'histoire du cheval qui avait piétiné le ruban de mon chapeau. Tout le monde a ri. Annie a parlé du temps qu'il fait. Elle est assise juste devant moi, alors j'ai pu lire toute son histoire ennuyante.

Pauvre Annie!

Mercredi 11 septembre 1918

Oh, Jane! J'ai la plume à la main, mais je suis trop fatiguée pour écrire. Devoirs de mathématiques : beurk!

Jeudi 12 septembre 1918

Jane, j'ai l'impression qu'il se passe trop de choses dans ma vie. Bientôt, je vais devoir m'asseoir pour tenter de reprendre mon souffle. M. Briggs nous a fait écrire une composition sur le patriotisme. C'était difficile. Papa dit que ce n'est pas tant une affaire de clairons qui sonnent et de drapeaux qui flottent au vent, mais plutôt d'amour pour son pays, assez grand pour supporter la guerre dans les tranchées afin de le sauver. Je n'aime pas les sujets comme « Le sens du devoir », « Le patriotisme » ou « Le courage ». J'aime bien mieux écrire une histoire ou un poème.

Demain, nous étions censées retourner chanter pour les soldats, mais Mlle Banks est tellement occupée avec ses copies à corriger que nous devons reporter notre visite.

J'ai trop sommeil pour écrire plus longtemps ce soir, Jane. Fais de beaux rêves!

Vendredi 13 septembre 1918

Un vendredi treize! Tout le monde en parlait, au déjeuner. Grand-mère, qui était descendue très tôt, a dit qu'il y avait toujours une part de vrai dans la plupart des vieilles superstitions. Elle croit que, un vendredi treize, il faut éviter de commettre des imprudences.

Ensuite, quand nous sommes rentrées de l'école, nous avons appris que Tatie avait reçu une lettre d'une de ses amies de jeunesse qui habite au Québec. Son histoire est terrible : son fils est rentré sain et sauf de la guerre, démobilisé pour je ne sais quelle raison, et est tombé malade, frappé par ce qu'on appelle la grippe espagnole. (Je ne comprends pas exactement pourquoi on l'appelle la grippe espagnole.) Sa sœur l'a attrapée de lui. Il est mort au bout de quatre jours, tandis que sa sœur s'en est tirée après être restée « dans l'antichambre de la mort » pendant presque deux semaines. Leur mère dit que d'autres personnes de leur entourage semblent être frappées par cette maladie et que c'est surprenant, car il s'agit de personnes jeunes et bien portantes.

Grand-mère dit qu'elle exagère probablement, et papa a dit que c'était difficile à croire. Tatie leur a dit qu'on voyait qu'ils ne connaissaient pas son amie, qui a les deux pieds sur terre et qui n'exagère jamais en rien. Puis elle est montée et n'est pas revenue pendant plus d'une heure.

« Une chance que nous n'avons pas des maladies comme ça dans notre province », a marmonné Grand-mère.

« La grippe, ça ne s'attrape pas en parlant français », lui a sèchement répondu Jo. Puis elle s'est levée de table, elle aussi.

Le Québec me semble un peu irréel et si loin d'ici. Mais je suis désolée pour ces gens-là.

Samedi 14 septembre 1918

Tatie a décidé qu'il était grand temps de retourner tous les matelas et elle nous a demandé de l'aider, Fanny et moi. Sans nous en rendre compte, nous nous sommes retrouvées en plus à laver les draps et les couvertures, secouer les descentes de lit de leur poussière et battre les oreillers. On peut même s'étonner qu'elle ne nous ait pas envoyées dans une ferme y chercher des plumes fraîches pour refaire la garniture des oreillers. Je trouve que les adultes ne devraient pas avoir le droit de réclamer aux enfants leur seule journée de congé de la semaine afin de leur faire exécuter des tâches toutes plus ennuyantes les unes que les autres. Mais c'était amusant de découvrir ce qui était caché sous le matelas de Jemma. Je ne l'écrirai pas ici, car je n'ai pas pu lire une seule des lettres qui s'y trouvaient, attachées par un ruban bleu. Tout ça à cause de Tatie qui ne me lâchait pas des yeux. Qui donc a bien pu écrire d'aussi précieuses lettres à Jemima?

Après le souper, nous avons joué au croquet. Cette fois-ci, Jemma a accusé Jo de tricher. « Comme d'habitude », a-t-elle dit. Mais elle riait en même temps. On s'est drôlement bien amusés!

Dimanche 15 septembre 1918

Le ministre a encore fait des prières pour nos armées. Il a demandé à Dieu de terrasser nos ennemis et de mener nos braves soldats vers la victoire. Je trouve que c'est bien, mais papa s'énerve tout le temps, comme si quelque chose le dérangeait. J'allais lui demander pourquoi, mais on dirait qu'il devient comme un étranger quand nous revenons de l'église et qu'il s'enferme dans son bureau.

J'ai voulu le suivre mais, à la place, j'ai posé la question à Tatie. Elle dit qu'il lit les noms de ceux qui sont tombés au champ d'honneur et qu'il pense à tous les pères, en Angleterre et même en Allemagne, qui lisent le même genre de listes.

« Ce sont les humains qui font la guerre, pas Dieu, m'a-t-elle expliqué. David croit qu'il nous revient à nous de trouver une solution et que nous ne devons pas compter sur Dieu pour terrasser nos ennemis, car ce sont tous des jeunes, comme nos soldats à nous.»

« Est-ce que papa est un pacifiste? » lui ai-je demandé.

« Il se serait enrôlé s'il avait été physiquement apte à le faire, a-t-elle dit. Mais ils ne prennent pas les hommes de son âge qui ont une infirmité et cinq enfants. Il croit effectivement que d'aller à la guerre et tuer des gens n'est certainement pas la meilleure façon de régler les problèmes. »

Puis elle s'est essuyé le nez et est partie dans sa chambre.

Tout ça est très difficile à comprendre, Jane, et à force d'entendre papa le dire, j'espère vraiment que cette guerre va prendre fin. Alors je pourrai arrêter de m'inquiéter, non? Peut-être. Je crois que, après une guerre, il doit y avoir du travail à faire pour remettre les choses en place.

Ça m'a réconfortée, de regarder Théo en train de faire un dessin numéroté dans le journal, avec le bout de la langue sorti. Il avait l'air tellement concentré!

Lundi 16 septembre 1918

Ce matin, le gruau était brûlé, comme le gruau dans Jane Eyre. Tatie l'a jeté à la poubelle et nous a fait des œufs à la coque et des tartines de confiture.

Je crois que je vais commencer un nouveau livre. J'ai terminé *Orgueil et préjugés.* Tatie m'a demandé si je voulais un autre livre de Jane Austen, mais je lui ai dit pas tout de suite, et j'ai recommencé mon roman de Gene Stratton-Porter. Ça me plaît, que le nom de l'héroïne soit Ruth.

Mardi 17 septembre 1918

La journée a été si pénible que ce n'est pas la peine d'en parler. Nous aurons nos premiers examens à la fin de la semaine, et je dois étudier. Je déteste ça. Je dois aussi travailler à la couture de la chemise de nuit pour le cours d'arts ménagers. Je déteste la couture. Je n'arrête pas de me piquer le bout du doigt, et Myrtle n'est pas là pour faire les ourlets à ma place. Mlle Dalrimple ne nous laisse pas emporter nos morceaux chez nous, où nous pourrions les faire sur nos machines à coudre à pédale. Nous devons apprendre à faire toutes sortes de points à la main et à repriser et à faire les ourlets. Comme si la plupart d'entre nous n'avaient pas déjà appris à la maison à faire toutes ces choses ennuyantes!

Tatie a proposé que je dise à Mlle Dalrimple que je porte des pyjamas, mais j'ai peur qu'elle me dise alors d'en coudre un. Ça me ferait deux morceaux : pire qu'une chemise de nuit!

Jeudi 19 septembre 1918

La professeure de musique est venue aujourd'hui et elle nous a appris une chanson drôle, puis deux chansons douces. Rien de bien canadien, car elle vient d'Angleterre, Jane.

Au déjeuner, papa nous a dit qu'il avait lu dans le journal, le *Toronto Daily Star*, qu'ils ont eu des cas de grippe dans les hôpitaux militaires, mais que les malades ont été mis en quarantaine et que les autorités n'y voyaient pas matière à s'inquiéter.

« J'espère qu'ils savent de quoi ils parlent », a-t-il dit.

Tatie et lui ont tourné les yeux vers mon petit frère, qui a le nez qui coule, une fois de plus. On dirait que ce petit-là est la seule personne qui compte vraiment dans cette maison. Personnellement, j'adore Théo, mais eux, ils en deviennent complètement gagas!

J'ai toussé. Personne ne l'a remarqué.

Vendredi 20 septembre 1918

Jo et Caro suivent leurs cours, mais ce n'est pas facile. Les filles doivent se retrouver en dehors de l'amphithéâtre, puis entrer toutes ensemble. Caro a une cousine de l'âge de sa mère, qui est la première femme à avoir été reçue médecin. Quand elle et ses consœurs arrivaient à leurs cours, leurs confrères tapaient du pied en scandant :

Les filles, dehors!
Les filles, au fourneau!

Je ne veux pas devenir médecin. Je crois que, si je fais carrière, je voudrais être écrivain. Des méchancetés pareilles, c'est à vous donner envie de vous inscrire en médecine juste pour avoir le plaisir d'aller tirer la langue à ces stupides garçons ou, au moins, de leur passer sous les yeux en marchant la tête bien haute.

Jo dit que c'est important que les filles se conduisent comme de vraies adultes, qu'elles prouvent qu'elles en ont dans la tête et qu'elles ne sont pas là juste pour se décrocher un mari médecin, contrairement à ce qu'a dit Grand-mère l'autre soir, au souper. Même papa, qui d'habitude fait comme s'il ne l'entendait pas, s'est retourné et l'a regardée avec des gros yeux.

« Ce commentaire est indigne de vous, maman », a-t-il dit d'un ton glacial.

Grand-mère a rougi. Juste un petit peu, mais je crois quand même qu'elle était honteuse. Un bon point pour papa!

Elles ont un professeur qui tourne le dos quand les filles entrent dans l'amphithéâtre et qui ne leur adresse pas la parole. Il ne les regarde jamais avec respect non plus. Tout le monde sait qu'il pense que les femmes ne devraient pas devenir médecins. Je ne comprends pas. La moitié de l'humanité est composée de femmes. Il pense que c'est une perte de temps de les former, alors qu'elles vont tout lâcher pour se marier et ne pratiqueront jamais la médecine. Grand-mère dit qu'il tient là un bon argument.

Jo jure qu'elle n'épousera jamais un homme qui ne la

laissera par exercer sa profession. Grand-mère a levé le nez en ricanant, mais elle n'a rien dit, avec papa qui la fixait des yeux.

Lundi 23 septembre 1918

La fin de semaine a été bien remplie. Tante Jessica et oncle Walter sont venus avec leurs petits monstres. Nous ne pouvions pas aller chanter. J'en étais presque contente. Je ne me sens plus le cœur à y aller. Les visiteurs, ce serait bien si ça ne nous donnait pas tant de travail. Des montagnes de vaisselle à laver! Et des montagnes à essuyer! Devine qui s'en est tiré sans rien faire! Je me demande si Théo s'en tire toujours à si bon compte parce qu'il est trop petit ou un peu aussi parce que c'est un garçon.

Bon, au moins maintenant il y a des femmes qui ont le droit de vote. Peut-être que, quand j'aurai l'âge de Tatie, toutes les femmes pourront voter.

Jeudi 26 septembre 1918

Jane, tu as dû penser que j'avais disparu. C'est parce qu'il y a beaucoup plus de devoirs, en 8e année. Les mathématiques sont ma bête noire.

Bientôt je vais avoir le temps et l'énergie nécessaire, je te le promets. Mais pas ce soir. Je dois encore dessiner une carte du Canada avec ses neuf provinces et y inscrire toutes les villes importantes. Je m'en plaignais à Tatie, et elle a dit : « Tu devrais remercier le bon Dieu de ne pas être née américaine, avec quarante-huit états à dessiner. »

Chère Tatie!

Vendredi 27 septembre 1918

Ma carte était terminée, et j'ai heurté la bouteille d'encre par accident, alors il y a une grosse tache sur tout ce qui est à l'est de l'Ontario. Je crois que je peux décalquer les provinces non tachées d'encre, maintenant que le papier est sec.

Samedi 28 septembre 1918

Jane, pourquoi est-ce que j'ai voulu écrire ce journal? Si tu n'existais pas, je ferais exprès de l'égarer. Je suis en train de lire un livre que je n'arrive pas à lâcher. Le titre est *T. Tembarom*, de Frances H. Burnett. C'est comme *Le petit Lord Fauntleroy*, mais pour les grands. Je ne suis pas capable de m'en détacher une minute de plus.

Dimanche 29 septembre 1918

Nous sommes allées à l'hôpital, aujourd'hui. Oh, Jane! Je pensais que ça m'aiderait de t'en parler par écrit, mais je n'y arrive pas. Je n'arrête pas de pleurer. Fanny est allée chercher Tatie. Je vais peut-être t'en reparler plus tard.

Plus tard

Je pense que je suis capable de t'en parler maintenant, Jane, mais rapidement parce que je dois aller donner un coup de main pour le souper. Nous étions à l'hôpital et je devais aller aux toilettes, alors j'ai demandé où c'était et je suis partie. J'ai ouvert la mauvaise porte. C'était une salle commune où les hommes avaient tous des commotions ou quelque chose du genre. Ils faisaient pitié à voir. Oh! Je ne peux pas tout te dire en détails, mais il y en avait un qui était étendu, les deux jambes coupées. Un autre criait des choses incompréhensibles, puis se mettait à pleurer comme un bébé.

Papa dit qu'il n'est pas question que j'y retourne. Les plus grandes vont pouvoir, mais pas Fanny ni moi. Fanny m'a confié en secret qu'elle est bien contente. J'espère que Jo n'a pas trop honte de nous.

Michael Frank n'était pas dans cette salle. Ça m'a fait plaisir.

Tatie dit qu'elle est soulagée que nous cessions d'y aller parce qu'un malade atteint de la grippe pourrait aussi bien y être emmené. Mlle Banks dit qu'on l'a assurée que c'était sans danger, mais elle est plutôt d'accord pour que nous cessions nos visites pendant quelques semaines.

Lundi 30 septembre 1918

L'automne est arrivé. Les érables commencent à rougir, et les feuilles de nos bouleaux argentés sont en train de jaunir. Une amie de Jemma a dit que Dieu pourrait bien ne pas exister, avec toutes les souffrances qu'il y a dans le monde, et Jemma nous a dit qu'elle lui a répondu :

« Quand on regarde les érables, on est bien obligé de croire en Dieu. »

« Bien répondu, ma fille », a répliqué papa.

Jemma a rougi un petit peu. Papa ne sourit pas souvent de cette façon. Il rit de ses blagues, mais là, il souriait d'une façon qui montrait qu'il était fier d'elle. D'habitude, c'est Jo qui provoque chez lui cette réaction.

Mardi 1er octobre 1918

J'ai mal à la tête. Désolée, Jane. Ce N'est PAS un symptôme de la grippe, je te le jure. Mais je ne suis pas capable d'écrire, avec les lettres qui me dansent devant les yeux. J'ai peur de le dire à papa parce qu'il m'emmènerait chez le médecin pour qu'il me donne des lunettes à porter.

« Mal à la tête! Fi! » a ricané Grand-mère, en levant le nez, quand Tatie m'a dit d'aller m'étendre. Elle se fiche pas mal des gens qui se laissent abattre au moindre petit bobo. Une chance que je ne sais pas comment faire pour tuer quelqu'un sur le coup, sinon je ne me serais pas gênée!

Mercredi 2 octobre 1918

Les gens s'inquiètent de plus en plus de la grippe, même si le médecin de la Santé publique dit qu'il suffit de se maintenir en forme et de ne pas prendre froid. Il n'y a qu'à ne pas s'en faire. Comme si, en s'en faisant, on pouvait tomber malade!

Jeudi 3 octobre 1918

Il y a quatre jours, une fillette est morte de la grippe espagnole à l'hôpital général de Toronto. En revenant à la maison, Jo l'a dit à Tatie. Si c'est celle que croit Jo, alors nous l'avons tous croisée. Elle était dans une des classes du primaire à Jesse Ketchum et, de temps en temps, elle venait à notre école du dimanche. Je crois qu'elle s'appelle Jenny ou Janie Robertson, mais je n'en suis pas sûre.

On songe à mettre notre école en quarantaine. Je crois

que ça veut dire de la fermer. Sauf que, quand on se fait mettre en quarantaine pour la scarlatine, on est enfermé dans la maison, et non pas mis dehors, alors je ne comprends pas très bien ce que ça signifie. On verra bien demain.

Vendredi 4 octobre 1918

Dans le journal, on dit que la grippe espagnole s'est bel et bien rendue en Ontario. Il y a des tas de gens qui l'ont attrapée à Renfrew. Et un homme de trente-deux ans en est mort.

Fanny et moi, nous ne sommes même pas obligées d'aller à l'école. Tatie a annoncé au déjeuner que nous devions rester à la maison, quarantaine ou pas.

« Je ne mettrai pas en danger la vie de mes enfants », a-t-elle déclaré.

Personne d'autre que moi ne semble avoir remarqué qu'elle nous a appelés « ses enfants ». Mais elle a bien raison, car c'est vrai. C'est ce que nous ressentons, même les fausses jumelles, qui ont connu maman le plus longtemps.

Imagine, Jane : pas d'école!

« Pas d'école ne veut pas dire pour autant que vous allez vous la couler douce », a alors dit Tatie, l'air sévère.

Fanny a aussitôt pris un air sérieux, mais moi, je n'arrivais pas à m'empêcher de sourire. Si j'avais pu, j'aurais fait la roue. Je l'ai dit tout haut, et Théo a sauté de sa chaise et en a fait deux à ma place.

Le pauvre Hamlet avait l'air profondément troublé de voir son ami la tête en bas, mais il s'est mis à secouer la queue frénétiquement quand Théo est revenu la tête en haut.

« Ce chien est un amour », ai-je dit.

Alors Théo m'a dit, d'un ton solennel, que les grands danois ne sont pas des chiens. J'ai ouvert la bouche pour lui demander quelle sorte d'animal c'était, mais je n'ai rien dit. Je suis sûre qu'il n'aurait pas su quoi répondre, surtout qu'il venait de faire deux grandes roues juste pour me faire plaisir. Je fais des efforts pour être une grande sœur attentionnée.

Tatie dit que nous devons quand même étudier et, avec papa qui est professeur d'anglais, c'est ce qui arrivera, que nous le voulions ou non. Je ne l'avoue à personne, même pas à Fanny, mais j'aime apprendre presque sur tous les sujets. Ça ne me dérange même pas de passer des examens dans les matières que j'aime : composition, grammaire, littérature et histoire. Ça va être encore plus agréable de les étudier à la maison. Rester assise à côté de Fanny, à notre pupitre double, me donne la bougeotte. Quand je me mets à gigoter un peu trop, elle s'arrange pour que le professeur ne s'en aperçoive pas, en toussant, en riant ou en faisant un geste pour détourner son attention. Ici, à la maison, je peux lire couchée à plat ventre dans mon lit ou grimper dans un arbre, à condition de prendre mon travail scolaire avec moi.

Plus tard

Tatie est allée au marché et elle est revenue à la maison, l'air contente d'elle. Des femmes s'inquiétaient parce qu'on pourrait attraper la grippe en mangeant du pain non emballé qui aurait été manipulé par quelqu'un de malade.

« J'avais envie de leur dire d'acheter de la levure et de la farine, et de s'en faire elles-mêmes », a-t-elle dit, en levant le nez.

Elle fait tout notre pain. Quand Fanny et moi, nous revenons à la maison et que, en ouvrant la porte, la bonne odeur du pain chaud se répand dehors, nos amis qui allaient repartir reviennent vers nous la langue pendante, en espérant en avoir une tranche.

Papa dit que le mot « lady » en anglais signifie vraiment « celle qui pétrit le pain ». Si tu ne sais pas faire le pain, tu n'es pas une « lady »! Je pense que bien des femmes refuseraient de croire cette interprétation de papa, mais il m'a montré l'étymologie du mot dans son gros dictionnaire. Nous nous intéressons tous les deux à l'origine des mots.

À l'heure du coucher

La grippe est en train de devenir la nouvelle de l'heure, même si personne chez nous ne l'a encore attrapée. Grand-mère lisait le *Star* et elle nous a déclaré qu'elle était dégoûtée de ce qui était écrit dans ce journal. Ce qui la mettait hors d'elle, c'est l'histoire d'un entrepreneur de pompes funèbres qui racontait qu'il avait quinze funérailles à organiser. Je ne sais pas si les cérémonies devaient toutes avoir lieu la même semaine ou quoi.

Papa dit qu'on songeait à fermer l'école secondaire aussi. Il est inquiet pour ses élèves. Je parie qu'eux, ils ne le sont pas du tout.

Ça va faire drôle d'avoir papa à la maison, alors que

d'habitude il est à l'école.

À Ottawa, tout est fermé, nous a dit papa. Les théâtres, les églises, les écoles, les salles de billard, les salles de quilles. Il l'a appris par une lettre qu'il a reçue.

« Finalement, cette maladie aura au moins eu ça de bon », a dit Grand-mère.

Est-ce que tu comprends, Jane? Fermer des salles de billards! Elle dit que ce sont tous des « lieux de perdition ».

« Mais, maman, lui a dit papa, doucement. Je pensais que vous étiez d'accord pour les églises? »

En l'écrivant, ça n'a pas l'air si drôle que ça, comparé à tout à l'heure. J'ai bien cru que Grand-mère allait s'étouffer.

Dimanche 6 octobre 1918

Nous avons chanté trois de mes cantiques préférés à l'église. Papa dit que j'ai des goûts éclectiques. Je vais vérifier ce que ça veut dire. Peut-être que ça signifie simplement « toutes sortes de cantiques de styles différents ». Ce qui est vrai.

J'espère que tu aimes le chant, Jane. J'adore chanter tout en faisant la vaisselle ou les lits. Ça me donne du cœur à l'ouvrage. Papa dit que c'est la raison même des chants de marins.

Lundi 7 octobre 1918

Je viens d'avoir une prise de bec avec Grand-mère. Voici ce qui s'est passé, Jane. J'ai tout mon temps pour te le raconter, car elle m'a dit de rester ici jusqu'à ce que je sois prête à lui faire des excuses pour mon insolence. Je crois que je vais être obligée de passer le restant de mes jours dans cette chambre, car je NE suis PAS désolée du tout.

C'est arrivé quand j'ai ramené Ruby Whiting avec moi pour la mettre à l'abri de vilains garçons qui lui criaient des insultes. Quand elle est repartie après avoir mangé un morceau du pain de Tatie, Grand-mère a dit que j'avais mieux à faire que d'entretenir des relations avec les Whiting.

« Ils sont d'une vulgarité! Une fois, David a amené chez nous le père de cette fillette, et nous lui avons dit de ne plus recommencer. Il a dit que c'était un gentil garçon, mais nous n'étions pas d'accord et nous avions bien raison. Regarde où il est rendu, aujourd'hui! »

Je ne savais pas où était rendu le père de Ruby. Elle n'en parle jamais. Mais les garçons criaient : « Ton vieux est en taule. »

Je crois que ça veut dire « en prison ». J'ai répondu à Grand-mère que je ne savais rien à propos de son père, mais que Ruby était gentille et qu'elle était mon amie. J'ai ajouté que je l'emmènerais aussi souvent que je le voudrais. Grand-mère a montré du doigt les escaliers et m'a ordonné de monter. Je mourais d'envie de lui crier : « Je n'ai pas à vous obéir. Vous n'êtes pas ma mère! » Mais j'ai réussi à tenir ma langue.

Après une petite conversation avec papa

Papa est monté voir ce qui se passait. Je lui ai tout raconté. « Ce n'est pas parce qu'elle dit des choses comme " ma matante a venu hier au soir " ou " vot' maison est ben belle " qu'elle est vulgaire pour autant, non? lui ai-je demandé. En tout cas, Ruby est peut-être vulgaire, mais elle est bien plus gentille et bien plus polie que Grand-mère. »

Papa nous reprend quand nous commettons des fautes de langage, mais Ruby n'a personne pour lui apprendre à parler correctement. Je ne crois pas qu'elle reviendra à la maison. Pas après la façon que Grand-mère avait de la dévisager en lui disant : « Je crois que tu ferais mieux de déguerpir d'ici », de son ton le plus glacial.

Papa s'est frotté le menton, comme il le fait toujours quand il réfléchit. Puis il a dit que M. Whiting était en prison pour s'être enivré et avoir négligé sa famille. Il a dit qu'il était fier de moi, pour avoir pris le parti de Ruby. Puis il ne savait plus quoi dire.

Finalement, j'ai dit que j'allais descendre et m'excuser s'il y tenait absolument, et il a dit : « C'est un lourd prix à payer pour avoir la paix, mais j'apprécierais que tu le fasses, Fiona. » Avant de partir, il a dit que je pouvais jouer avec Ruby à l'école, mais que ce serait sans doute mieux de ne pas l'emmener ici où on pourrait la faire se sentir mal à l'aise. Puis il est sorti et, à l'instant où je prenais mon journal, Jane, il a passé la tête dans l'embrasure de la porte et il a dit qu'il comptait sur moi pour continuer de respecter la langue anglaise, en le prenant comme modèle.

Maintenant, il est en bas, après être descendu en

sifflotant l'air de l'hymne à la feuille d'érable, en attendant que je me décide à mentir à ma grand-mère en lui disant que je suis désolée, alors que je ne le suis pas pour deux sous.

Mais je suis vraiment désolée pour Ruby. C'est terrible, ce que les gens peuvent faire quand ils sont soûls. À la fanfare de notre église, nous avons dû faire vœu de tempérance en promettant de ne jamais boire d'alcool. Quand je l'ai dit à papa, il m'a répondu : « Jamais, ça fait pas mal de temps, ma fille. »

Je crois qu'il ne boit jamais d'alcool. Je n'ai jamais vu personne boire de l'alcool. Je crois que nous n'en avons même pas chez nous.

Mardi 8 octobre 1918

Hier dans le *Star*, on disait qu'il y avait de plus en plus de gens frappés par la grippe. Cinquante-trois nouveaux cas, je crois. Certains en sont même morts! Entre autres, une jeune fille qui avait seulement un an de moins que Jo et Jemma et qui a été malade très peu de temps, avant de mourir. Tout ça me semble encore bien irréel, mais j'essaie de penser à ce que ce doit être pour les siens. Elle est morte chez elle. On ne disait pas si les autres membres de la famille l'avaient attrapée.

Je déteste les mathématiques. L'arithmétique, ça va, mais maintenant, nous avons tout le temps des problèmes avec des pourcentages et des intérêts à calculer, et tout plein de décimales. Je n'y arrive pas. Tatie essaie de m'aider, mais je crois qu'elle déteste ça, elle aussi. Jo trouve que nous sommes folles. Elle a même dit que l'algèbre était une pure beauté! Tatie a ricané en entendant ça. Fanny arrive à faire les problèmes sans difficulté. Par contre je suis bien meilleure qu'elle en orthographe! C'est étrange, quand on pense que nous venons toutes les deux de la même famille et que nous avons toujours eu les mêmes professeurs.

Vendredi 11 octobre 1918

Incapable d'écrire ce soir, Jane. Je ne me sens pas bien. J'ai ce que Tatie appelle « mes maladies de fille ». Je me demande si tu comprends de quoi elle parle.

Samedi 12 octobre 1918, le matin

On a lancé quelque chose d'empoisonné par-dessus notre clôture, et Hamlet a mangé ce truc avant que nous ayons eu le temps de l'en empêcher. Il n'est pas mort, Jane, mais quand un grand danois vomit, c'est vraiment dégoûtant. Théo, compatissant, a lavé le chien et aidé à ramasser les dégâts qu'il avait faits sur le tapis. Théo est un bon garçon!

Je crois qu'Hamlet a même sauvé Pixie de la mort car, quand elle est allée voir ce qu'il mangeait, il s'est mis à grogner, ce qui ne lui arrive jamais. Je sais bien qu'il ne pouvait pas deviner, mais sait-on jamais!

Les histoires à propos de la grippe nous arrivent à la pelle. Maintenant, Tatie est inquiète que Jo aille à l'hôpital. Jo dit que, jusqu'ici, elle ne fait qu'assister à des cours et que Tatie n'a pas à s'en faire. Ils n'ont pas encore vu un seul patient. « Ni mort, ni vivant, pour être bien précise », a-t-elle ajouté.

J'espère qu'elle ne lui a pas inventé cette histoire juste pour lui faire plaisir.

Grand-mère nous a raconté que son amie Dulcinée Trimmer lui a dit que la moitié des infirmières de l'hôpital Grace sont atteintes par ce « fléau ».

Jo a bien ri.

« Je ne suis ni infirmière ni à l'hôpital Grace, a-t-elle dit. Mais je vais faire attention de ne pas commettre d'imprudences. »

Puis elle leur a dit qu'ils devraient peut-être nous éloigner de la ville pour quelque temps, Fanny et moi. Avant même que nous ayons pu placer un seul mot, on nous a envoyées nous coucher. Ce n'est même pas la peine d'essayer d'écouter en catimini. De là où il est assis, papa peut tout voir jusqu'en haut des escaliers.

Dimanche 13 octobre 1918

Aujourd'hui, c'est le dimanche de l'Action de grâces. Normalement, nous serions à l'église en train de chanter des cantiques pour remercier Dieu, mais nous n'y sommes pas allés à cause de la grippe. Puis après avoir mangé de la dinde pour dîner, papa nous a dit qu'hier soir, après nous avoir envoyées nous coucher, le docteur s'était arrêté en passant et avait dit qu'il était maintenant sûr que l'ancien maître d'Hamlet, qui est mort subitement, avait attrapé la grippe espagnole. Le docteur Musgrave ne l'avait pas compris, sur le coup. Il pensait que ce n'était qu'une bronchite et il n'avait pas fait le lien avec le fait que son patient s'était rendu au Québec. Mais il était son exécuteur testamentaire et, quand il a essayé de joindre sa famille à

Montréal, il a appris qu'ils avaient eu la grippe espagnole. Quelques-uns en étaient morts. Tandis que papa nous expliquait ça, je pouvais voir qu'il était complètement bouleversé. Jane, je n'aurais jamais pensé que, parce que des gens que nous ne connaissons même pas ont eu cette grippe, Fanny et moi partirions de la ville pour quelque temps. Je dois aller chez Mamie et Papi, près de Mimico, et Fanny va rester chez oncle Walter et tante Jessica, près de Sunnyside.

Jo et Jemma ont décrété qu'elles ne peuvent pas quitter Toronto. Jemma est à l'École normale, et Jo a encore quelques semaines à faire à l'université de Toronto. Jo reconnaît qu'ils ont parlé de mettre les étudiants universitaires en quarantaine. Tatie ne laisse plus Théo sortir de la maison, sauf en arrière, dans le jardin, avec Hamlet. Le jardin est entouré d'une grande clôture, et elle sort avec lui afin de s'assurer qu'il n'appelle pas les voisins. Exactement ce qu'il ferait. C'est le petit garçon le plus sociable du monde. Heureusement, Hamlet les empêcherait d'entrer dans le jardin. Il est tellement énorme que personne n'ose trop l'approcher.

Fanny ne peut pas venir avec moi chez Mamie et Papi parce qu'ils ont déjà Timothée et Pansy avec eux pour tout l'été. Ce sont les enfants d'une de ses amies qui a eu la polio l'été dernier et qui n'arrive pas à s'occuper d'eux quand ils ne vont pas à l'école. Mamie lui donne toujours un coup de main. La dame ne peut utiliser qu'une seule de ses mains et elle porte un appareil à une jambe.

J'étais tellement sidérée, quand ils nous ont dit que nous allions partir, que je suis restée assise là où j'étais, la bouche grande ouverte. De son côté, Fanny a surpris tout le monde en éclatant en sanglots. En hoquetant, elle a dit qu'il ne fallait pas nous séparer. Papa a été très ferme; il a dit qu'il ne pouvait pas demander aux membres de notre famille de nous prendre toutes les deux ensemble. Puis il a dit que nous n'étions pas les seuls enfants à être envoyés à l'extérieur de Toronto jusqu'à ce que l'épidémie de grippe soit passée.

Je me sens toute drôle, je l'avoue, mais je ne suis pas fâchée comme Fanny. D'habitude, avec elle, il n'y a jamais de problèmes, mais là elle est restée assise sans bouger, le visage baigné de larmes. Tout le monde la regardait. Moi, je pourrais même dire que je suis excitée. Je n'ai jamais été séparée d'elle de toute ma vie et je suis curieuse de voir comment je vais me débrouiller, une fois toute seule. Je vois ça un peu comme une aventure. Et puis, ce ne sera pas pour très longtemps.

Je ne dirai rien de tout ça à Fanny. Elle est encore toute bouffie d'avoir trop pleuré et elle a l'air aussi mal fichue qu'Hamlet. Il le voit bien, car il n'arrête pas de lui lécher le visage. Elle devrait lui en être reconnaissante.

Lundi 14 octobre 1918

Chez Mamie

Ils n'ont pas perdu de temps pour nous expédier. Nous venions à peine de l'apprendre quand Tatie s'est mise à faire nos bagages. On m'a déposée ici hier soir, bien avant l'heure d'aller au lit. Le Dr Musgrave m'a emmenée dans sa voiture. Oncle Walter et tante Jessica devaient venir chercher Fanny un peu plus tard. Nous devrions vraiment avoir une voiture, mais papa dit que c'est bon pour nous de marcher.

Comme d'habitude, Mamie m'a serrée dans ses bras et n'arrêtait pas de dire que c'était merveilleux de m'avoir avec eux pour un bout de temps, et Papi m'a accueillie rapidement, m'a fait un clin d'œil et s'est replongé dans sa lecture. Mais je savais qu'il était aussi content qu'elle de me revoir. C'est juste qu'il n'en dit jamais plus qu'il ne faut.

C'était bizarre de me réveiller dans une chambre qui n'est pas la mienne et dans un lit sans Fanny. Chez nous, une des fenêtres de notre chambre donne sur l'est et, sauf en plein hiver, nous nous faisons réveiller par le soleil levant. Ici ma chambre donne au nord, et le soleil n'y entre jamais. Je crois que je n'ai jamais dormi toute seule dans mon lit.

Pansy a un petit lit pour elle toute seule. C'est une gentille petite fille, mais elle n'a que neuf ans et elle n'arrête pas de rire bêtement. Et aussi, elle s'accroche à moi et ne veut plus me lâcher. Timothée a douze ans, comme moi, mais il n'est pas habitué aux filles. Il s'est trouvé une famille de garçons au bout du chemin et il passe presque tout son temps avec eux.

Papi n'a jamais été très bavard, mais là il ne dit presque plus rien. Mamie m'a dit, en prenant soin qu'il ne l'entende pas, qu'il ne sait pas quoi faire de ses grandes journées, maintenant que l'entretien de la ferme est fait par d'autres.

« Ne t'en fais pas, Fiona ma chérie, m'a-t-elle dit tout

bas. Il t'aime toujours autant. En plus, il est inquiet à cause des nouvelles de la guerre. Heureusement qu'il aime lire et que nous avons un paquet de livres pour l'occuper. »

Dans les environs, personne n'a encore eu la grippe, et on dirait que les gens ne veulent pas vraiment y croire, même si Papi prend un air préoccupé et qu'il secoue la tête chaque fois qu'il en est question.

Drôle d'Action de grâces! Je me demande comment va Fanny.

Mardi 15 octobre 1918, le soir

Deux jours et demi sans Fanny. C'est comme irréel. Je suis si habituée à tout partager avec elle!

Le temps que nous sommes ici, nous n'avons pas à aller à l'école, mais Mamie enseignait autrefois dans une petite école de campagne, au bout du chemin, et elle nous occupe en nous faisant apprendre des poèmes et des mots à épeler. Elle me fait lire à voix haute cet interminable poème intitulé *Élégie écrite dans un cimetière de campagne* de Thomas Gray. C'est triste, mais très apaisant. Mamie avait une amie qui est allée un jour en Angleterre et qui a visité le cimetière même où l'auteur s'est assis sous un arbre pour écrire ce texte. Elle a dit que l'arbre était toujours là. Il faut dire qu'un arbre, ça peut vivre longtemps. Près de chez nous, il y a un hêtre qui a plus de cent ans. Il était là quand Toronto s'appelait encore Muddy York. En tout cas, il me semble. Je ne suis jamais sûre des dates exactes. Mais je sais que, en grandissant, ce hêtre a vu le monde changer autour de lui, ça j'en suis sûre. Il me l'a dit en faisant bruire ses feuilles sous la caresse du vent.

Théo et moi, nous sommes convaincus que les arbres nous parlent. Nous n'en parlons pas aux autres parce que nous savons qu'ils ne comprendraient pas. Même Fanny ne les a jamais entendus parler.

Ici, personne ne parle de la guerre. Je ne sais pas trop pourquoi.

Mercredi 16 octobre 1918

J'ai trouvé un journal que Mamie avait mis à la poubelle. Sans rien dire à personne, je l'ai pris et je suis montée le lire dans ma chambre. Je vais en recopier des passages, Jane, pour que tu puisses voir ce qui nous préoccupe, ces temps-ci.

Aujourd'hui, le nombre de nouveaux cas de grippe rapportés chez les civils est d'environ 300 dans les hôpitaux, auxquels il faut encore ajouter 170 malades restés chez eux. On compte plus de 40 décès, depuis 24 heures. « Il y a des gens ici, dans notre ville, qui sont devenus presque hystériques, de peur d'attraper la maladie, dit le Dr Hastings. De grâce, ne nous énervons pas! »

Sa propre fille est en train de s'en remettre, après être tombée malade le jour précédent. Un boulanger a fait publier une annonce dans le *Star* afin d'informer ses clients que la moitié de son personnel affecté aux livraisons était frappé par la grippe.

Tout ça n'est pas très clair, je sais. Il y avait aussi une feuille datée du 11 octobre, remplie de nouvelles de la guerre. Le Canada est assailli de partout : ici et en Europe. En voici un petit bout, Jane.

11 OCTOBRE

À bout de forces après des jours de combats incessants, les Canadiens ont finalement réussi à déloger les Allemands de leur plus important centre de répartition : Cambrai.

Sans papa pour m'expliquer ce que je lis, je ne comprends pas toujours très bien. Il nous montre où sont les choses sur une carte de l'Europe. Papi n'a pas l'air de dire grand-chose sur ce qui se passe dans le monde et, à ma connaissance, Mamie n'a pas de cartes géographiques. De toutes façons, si je lui posais des questions, ça la bouleverserait.

La maison me manque beaucoup, ces jours-ci.

Jeudi 17 octobre 1918

J'ai reçu une lettre de Fanny aujourd'hui! Ça faisait tout drôle, de voir son écriture. Elle est arrivée dans une enveloppe pour Mamie, de la part de Tatie. Je lui manque. Je ne me suis pas trop ennuyée d'elle avant que cette lettre arrive. Depuis, chaque fois que je la relis, je sens que je vais me mettre à pleurer.

Fanny est partie après moi. Avant qu'oncle Walter arrive pour la prendre, raconte-t-elle, papa a lu dans le journal qu'au Manitoba, on pouvait aller en prison si on crachait par terre dans la rue. Théo a demandé où était le Manitoba et, quand il a été certain que c'était très loin, il a dit qu'il allait dehors pour cracher dans le jardin pendant que c'était encore permis.

Cette histoire m'a fait rire aux larmes. Papi aussi a ri très fort, ce qui faisait du bien à entendre. Il est toujours tellement silencieux, comme si son esprit était ailleurs, très loin de nous.

Le règlement interdisant de cracher vise à lutter contre l'épidémie de grippe, bien sûr. Tatie a eu tout un sermon à servir à Théo pour arriver à lui faire comprendre qu'il était interdit de cracher PARTOUT ET TOUT LE TEMPS!

C'est vraiment un petit garçon adorable, Jane. Je m'ennuie beaucoup de lui, en lisant cette histoire.

Aujourd'hui, Mamie a préparé un grand panier à pique-nique, a attelé Florence au vieux cabriolet à poney, et nous sommes partis tous les trois avec elle, faire un tour à la rivière. Nous sommes partis toute la journée. Nous avons même pu nous tremper les orteils dans l'eau, mais nous les avons vite retirés. L'eau était glaciale! Mamie sait faire les ricochets sur l'eau mieux que personne. Timothée est bon aussi, même s'il ne lui arrive pas à la cheville! Après avoir fini de manger, nous nous sommes assis au soleil, et elle nous a lu l'histoire de *Rikki-tikki-tavi*, de Kipling. Jane, si je ne t'ai jamais lu cette histoire, demande-moi de trouver ce livre, et nous le lirons ensemble. Rikki-tikki est la plus intelligente petite mangouste du monde. J'aimerais qu'il y en ait une dans notre jardin, mais nous n'avons pas de cobras. Rikki n'aimerait pas ça habiter dans un endroit où il n'y a pas de cobras à chasser.

Quand nous sommes revenus à la maison, nous grelottions, même si nous étions enroulés dans les couvertures de voyage que Mamie avait emportées. Tatie ne serait certainement pas contente d'apprendre que nous avons pris froid. Les docteurs disent tous de ne pas s'en faire avec la grippe, mais ajoutent aussitôt de faire bien attention de rester en bonne santé. J'espère vraiment que le pauvre Théo n'est pas obligé de prendre encore plus d'huile de foie de morue que d'habitude.

Ce sera le dernier pique-nique de 1918. Peut-être que l'été prochain, en 1919, la guerre et la grippe seront toutes deux terminées.

Vendredi 18 octobre 1918

Ce matin, Mamie nous a dit que beaucoup, beaucoup de femmes s'engagent comme aides-soignantes; on les appelle les *Sisters of Service.* Elles doivent assister à trois cours pour apprendre ce qu'il faut faire, puis elles obtiennent un insigne de satin bleu et blanc avec les lettres S.O.S. Elles sont alors prêtes à aider les infirmières de la Santé publique et les autres auxiliaires, qui finissent tous par être au bout du rouleau.

Encore une lettre de Fanny, Jane. À la bibliothèque, ils ne prêtent plus les livres! C'est affreux. Tant mieux si je ne suis pas chez nous, car d'habitude je vais à la bibliothèque toutes les semaines.

Pour donner un coup de main, notre église a organisé une soupe populaire.

Je me sens bien loin!

Fanny termine en disant que Jemma s'est portée volontaire pour devenir *Sister of Service.* Je me doutais qu'elle le ferait.

Comment Fanny fait-elle pour être au courant de tout, depuis chez tante Jessica? Je ne comprends pas, mais je suis quand même bien contente d'avoir toutes ces nouvelles.

Samedi 19 octobre 1918

Je crois que Mamie a peur que nous nous ennuyions trop de chez nous, alors elle organise des sorties et nous tient occupés avec des tâches ménagères. Hier, nous avons lavé les vitres. Mamie grimpait sur les rebords des fenêtres pour laver les carreaux à l'extérieur. J'avais peur qu'elle tombe, mais elle se tenait là, debout, solide comme un poteau. Papi a ri de moi, quand je lui ai dit que j'avais peur qu'elle tombe.

« Elle n'est plus jamais tombée, depuis le jour où elle est tombée amoureuse de moi », a-t-il dit, en lui faisant un clin d'œil.

Elle nous montre comment faire toutes sortes de choses, aussi. Elle a réussi à me faire broder une bordure de taie d'oreiller pour offrir à Tatie, à Noël. Ce sont des jolies fleurs et des petites feuilles, avec trois belles gouttes de mon précieux sang dessus.

D'après toi, Jane, comment va ma famille? J'ai un mauvais pressentiment au sujet de Fanny. Je l'ai dit à Mamie, et elle m'a donné un autre poème à apprendre. J'aime bien mémoriser des poèmes, mais je m'inquiète quand même pour Fanny.

Et puis, on dirait qu'il n'y a pas un seul journal à lire, ici. Je sais que Mamie reçoit le *Star* de M. Outram, qui habite la ferme voisine. J'en ai vu un numéro, le jour où nous sommes arrivés. Mais maintenant, quand je me demande ce qui se passe en ville, il n'y a pas le moindre journal en vue. Je vais lui poser la question directement demain. Je soupçonne Mamie de les cacher, ce qui signifierait que les nouvelles sont tellement mauvaises qu'elle ne veut pas que je les lise. Mais de savoir la vérité, c'est bien mieux que d'imaginer le pire.

Ce soir, elle a dit qu'elle a lu dans le journal que des femmes portaient la « mantille espagnole » pour se protéger contre la grippe. C'est une écharpe en mousseline. Je lui ai demandé : « Dans quel journal? » et je lui ai dit que je voulais lire les nouvelles, mais elle a répondu qu'elle l'avait lu chez les voisins. C'est très troublant, de regarder sa grand-mère en pleine face et de savoir qu'elle ment.

J'espère que Fanny va bien. Je me sens de plus en plus inquiète à son sujet.

Mamie a dit aussi que des gens avaient été arrêtés pour avoir toussé dans un endroit public. Si Théo apprend ça, il va se mettre à tousser comme un malade dans le jardin. Il adore les policiers, surtout ceux à cheval.

Dimanche 20 octobre 1918

Pansy est venue dans ma chambre ce matin me réciter un poème.

J'avais une oiselle
qui s'appelait Enza.
J'ai ouvert la fenêtre,
elle a disparu dans le flou, Enza.

J'étais choquée, mais j'ai ri quand même. Je ne crois pas qu'elle réalise l'étendue de ses paroles.

Même si c'est dimanche, Jane, nous ne sommes pas allés à l'église. J'ai demandé à Mamie si c'était fermé, et elle a secoué la tête en disant qu'elle ne voulait faire courir aucun risque à sa chère petite-fille.

À l'heure du coucher

J'ai surpris Papi qui disait :

« Je pense qu'elle a le droit de savoir. »

Mamie lui a dit de se taire et a refermé la porte, alors je n'ai pas pu entendre la suite. Je suis sûre qu'ils parlaient de moi. Qu'est-ce qu'ils me cachent? Il doit y avoir quelque chose qui ne va pas chez nous.

Lundi 21 octobre 1918

Pas de courrier pour moi aujourd'hui, sauf un petit mot de Théo écrit par Tatie. Ça dit : « Je m'ennuie de toi, et Hamlet aussi. Est-ce que les chiens peuvent attraper la grippe? »

Pourquoi me demande-t-il ça? Qui pourrait donner la grippe à Hamlet?

Mardi 22 octobre 1918

Je lis continuellement, pour m'empêcher de broyer du noir. Mamie a la collection complète des œuvres de Charles Dickens. Les caractères sont si petits que j'ai du mal à lire, mais tant pis. Papa nous lisait *David Copperfield* à voix haute quand Jo et Jemma avaient quinze ans. Il le lisait pour elles, mais je me suis laissé prendre par l'histoire et je l'écoutais tous les soirs. Fanny était là aussi, mais elle s'endormait toujours bien avant que papa ne referme son livre. En ce moment, je lis *Le magasin d'antiquités*. C'est moins long comme livre, et c'est captivant. Le méchant est encore beaucoup plus diabolique que Wickham dans *Orgueil et préjugés*.

Oh, Fanny! Écris-moi donc! Fais-le TOUT DE SUITE!

Mercredi 23 octobre 1918

Il y a vraiment quelque chose qui ne va pas chez nous, Jane. J'en suis sûre et certaine. J'aimerais que tu existes vraiment et que tu sois ici, auprès de moi, comme ça j'aurais quelqu'un à qui parler. Timothée n'est pas intéressé et Pansy est trop jeune. Je sais que Mamie est au courant. Je l'ai entendue parler au téléphone. Elle hurle tout le temps dans le cornet comme si elle pensait que sa voix devait parcourir des kilomètres de distance sans l'aide des fils téléphoniques.

Elle disait : « Je ne le lui dirai pas. Je crois que tu as raison. Tiens-moi au courant de son état. »

Après avoir raccroché, je l'ai suppliée de me dire pourquoi ils avaient téléphoné, et elle a prétendu que ce n'était pas papa, mais des amis à elle. Pourtant elle n'arrête pas de s'essuyer les yeux. C'est insupportable. Je le sens dans mes os, et dans mon cœur aussi, que c'est quelque chose de très grave et qu'il s'agit de Fanny. Quand Fanny est tombée du pommier, je me suis précipitée dehors en l'appelant jusqu'à ce que je la voie étendue dans l'herbe, avec le bras de travers. Oh! Peu importe les autres fois. C'est juste que je le sais toujours, quand elle a des ennuis et elle, c'est la même chose pour moi.

En ce moment, elle a besoin de moi. Dans ma tête, je l'entends qui m'appelle. Je dois y aller. Il le faut!

Fanny est censée être chez tante Jessica, mais j'ai le

pressentiment que je devrais rentrer chez nous. Je voudrais qu'on me permette de faire un appel interurbain, mais les enfants n'ont pas le droit. Dans ma famille, les interurbains c'est seulement pour les urgences. Et ils ne parlent que trois minutes parce que ça coûte très cher.

Je pense que je vais quand même essayer. Je peux donner notre numéro de téléphone à la standardiste pendant que Mamie est occupée à mettre Pansy au lit.

C'est ce que je vais faire, Jane, et tant pis pour les conséquences.

À l'heure du coucher

J'ai essayé, Jane. Je m'étais bien préparée à dire le numéro de téléphone et, quand Mamie est montée avec Pansy et que Papi et Timothée étaient avec les vaches à l'étable, j'ai décroché le récepteur. La standardiste a dit :

« Quel numéro, s'il vous plaît? »

Oh, Jane! J'étais tellement énervée que ma voix est sortie suraiguë, comme celle d'une petite fille de deux ans. Il y a eu un silence, puis la dame a dit :

« Est-ce que ta mère sait que tu veux faire un appel interurbain? »

J'étais tellement décontenancée que j'ai raccroché. Et impossible d'essayer de nouveau! J'étais humiliée.

Puis Mamie, depuis l'étage, a demandé à qui je parlais. Je lui ai dit que je me parlais toute seule, ce qui était futé, car ça m'arrive. Mamie me taquine d'ailleurs souvent à ce sujet. Elle m'a dit qu'elle avait entendu dire que c'était le premier signe indiquant qu'on commençait à perdre la tête.

Je pourrais encore essayer de téléphoner, mais j'y ai réfléchi. Si j'arrive à les rejoindre, je ne saurai pas si je dois les croire ou non parce que je ne pourrai pas voir leurs visages. Si Fanny est malade, ils vont vouloir que je reste loin d'elle afin de ne pas attraper ce qu'elle a. Pour savoir ce qui se passe, je dois être là-bas en personne.

Alors j'ai décidé que j'allais partir. Il ne me reste plus qu'à mettre au point un bon plan. Ça me soulage d'y penser, mais je suis quand même morte de peur.

Je suis sûre et certaine qu'elle est chez nous. Je crois que je peux m'y rendre toute seule. J'ai déjà marché jusqu'à Long Branch, les deux fois que Mamie m'a envoyée y faire des courses avec Timothée. Et je sais où aller prendre le train. Il va m'emmener jusqu'à l'arrêt de tramway. Heureusement, ce n'est pas très loin à l'intérieur de la ville. Et, heureusement aussi, j'ai l'argent que papa m'a donné.

Je suis nerveuse, mais je dois le faire.

Demain après-midi, Mamie va à sa réunion des femmes de l'Église presbytérienne, et Timothée et Pansy vont rester chez une voisine jusqu'à ce qu'elle revienne. Ils ont deux garçons qui ont à peu près l'âge de Timothée. J'ai demandé à rester ici et je vais partir pendant qu'ils sont tous sortis. Je peux marcher jusqu'au village. Je sais que le train passe tous les après-midis. Je n'aurai qu'à attendre qu'il arrive.

Jeudi 24 octobre 1918
À bord du train

Je suis dans le train. Je suis sortie par la porte avant, mon sac à la main, et je me suis retrouvée nez à nez avec Papi. Je pensais qu'il était parti en ville avec Mamie. Je l'ai regardé, et il m'a regardée. Puis il a fait signe en direction de mon sac.

« Tu retournes chez toi, Fiona? m'a-t-il demandé, la voix bien posée. Dans ce cas, je vais atteler le cheval et te conduire à la gare. »

Je suis restée là, la bouche grande ouverte, puis j'ai retrouvé mes esprits, j'ai lâché mon sac et je l'ai serré dans mes bras. Il est revenu à la vitesse d'un éclair, assis dans le cabriolet. Quand nous sommes arrivés à Long Branch, il m'a aidée à entrer dans la gare et à acheter mon billet. Je lui ai expliqué que je pensais qu'il fallait que je retourne chez nous, dans notre maison, et il a simplement hoché la tête. J'ai essayé de l'obliger à payer avec mon argent, mais il l'a refusé du revers de la main.

Quand le train est entré en gare, il a dit :

« Tu as raison de partir, petite Fiona. Je crois qu'ils ont besoin de toi. Tu es certaine de pouvoir retrouver ton chemin? »

J'ai hoché la tête, et me voici, bien installée dans le train, en route pour la maison. Je me sens courageuse, presque héroïque. Comme une vraie Don Quichotte qui se porterait à la défense de la veuve et de l'orphelin. Un peu exagéré, ça, mais bon!

Je suis un peu trop tendue pour écrire. Mais je suis aussi

trop tendue pour rester assise à penser à ce qui m'attend. C'est bien, que j'emporte toujours ce journal avec moi, où que j'aille. Jane, tu es d'un grand réconfort.

Un homme qui est de l'autre côté du couloir n'arrête pas de me regarder. Est-ce que je devrais changer de place? Non. Pourquoi, après tout?

Nous allons bientôt arriver. Papi va faire tout son possible pour que Mamie ne se fâche pas. J'aimerais me sentir plus courageuse, mais ça me fait du bien de me tenir occupée.

Dans le tramway

Je suis assise à côté de Caro Galt. Elle est montée quand nous avons fait un arrêt à Mimico. Je n'ai jamais été aussi contente de revoir quelqu'un. Elle était allée voir des gens de sa parenté. Elle n'a rien entendu à propos de Fanny, car elle se trouvait à Mimico. Caro a dit qu'elle allait m'accompagner jusqu'à la rue Collier. Ça me soulage tellement! Je dois m'arrêter d'écrire, sinon je risque de me mettre à pleurer et de la déranger. Elle étudie dans un livre qui a pour titre *L'anatomie de Gray*. Elle a les yeux fixés sur la même page depuis je ne sais pas combien de temps. Je pense que ce n'est pas sa matière préférée.

De retour à la maison

Mes os ne m'avaient pas trompée. Fanny est ici. Elle est en vie, mais vraiment très malade.

Elle a été ramenée de chez tante Jessica il y a environ une semaine parce que leur fils Georges a attrapé la grippe et que l'université l'a renvoyé chez lui. Nous ne savons pas comment il va aujourd'hui. Fanny, elle, s'est mise à faire de la fièvre quelques jours après son retour à la maison. Puis elle est vite devenue brûlante. Grand-mère, qui voit toujours tout du mauvais côté, me l'a raconté, en ajoutant que le docteur avait dit que la fièvre était le premier symptôme de la grippe. Puis Fanny s'est mise à s'étouffer à cause des sécrétions et elle s'est retrouvée avec une pneumonie.

« Je suis désolée d'avoir à te l'annoncer, Fiona, mais il faut t'attendre au pire, m'a-t-elle dit. Il n'y a pas beaucoup d'espoir... »

Du bras, je l'ai écartée de mon passage, Jane, et je me suis précipitée dans notre chambre. Ils ont dit que je ne devais pas entrer, mais Fanny a réglé ça en m'appelant par mon nom, d'une voix enrouée. Je suis entrée sans m'arrêter devant Tatie, qui faisait de son mieux pour m'empêcher de passer. Je n'ai même pas pris le temps de réfléchir. J'ai juste fait ce que je croyais devoir faire.

Le pire moment à passer ou presque, c'était quand je suis arrivée à son chevet et qu'elle ne m'a pas reconnue. Elle me regardait avec de grands yeux vitreux et elle disait : « Fiona. Je veux voir Fiona. »

Je voulais la serrer dans mes bras, mais Tatie ne voulait pas me laisser l'approcher davantage sans mettre un masque. Elle en met un chaque fois qu'elle a à s'approcher de Fanny. Bien sûr, j'étais difficile à reconnaître avec mon masque, mais elle a finalement reconnu ma voix et elle a attrapé ma main avec ses doigts tout amaigris. Oh, Jane! Ses jolis doigts sont maintenant tout crochus comme des griffes!

Ils ont essayé de m'obliger à sortir, mais Fanny a recommencé à m'appeler. C'était affreux! Elle a semblé s'apaiser un peu tandis que je lui tenais les mains. Tatie a encore essayé de me convaincre de sortir de la chambre, mais elle était trop fatiguée pour persister. Théo n'a même pas le droit de mettre le pied sur le seuil de la chambre.

Le docteur nous a dit que, d'après lui, Fanny s'approchait du moment critique. « Ce pourrait être cette nuit, a-t-il dit. Quand leur visage... »

Il n'a pas terminé sa phrase, mais ça n'annonçait rien de bon, je le savais. Son visage avait viré au gris. Il parlait comme le docteur dans *Les quatre filles du docteur March*, mais là ce n'est pas une histoire inventée!

Jane, en ce moment je suis assise dans la chambre de Fanny, et j'ai du mal à la regarder. Elle fait toutes sortes de bruits en respirant. Elle a perdu beaucoup de poids. Elle est grise, d'un gris qui tire sur le bleu, et ses traits sont creusés. C'est un des symptômes de cette grippe, a dit Tatie. Personne n'en parle, mais nous le savons tous. Tant de gens en sont déjà morts! Mais pas ma Fanny! Je ne la quitterai pas une seule seconde, personne ne pourra m'en empêcher. Je lui transmets une partie de ma force. Je ne peux pas le leur expliquer, Jane, mais je dois rester, sinon elle risque de me laisser toute seule pour toujours. De temps en temps, je m'arrête pour jurer que je ne la laisserai pas partir.

Plus tard

Tatie veut que je sorte pour prendre un peu d'air frais. Pas question!

« Respire, Fanny! lui dis-je continuellement. Respire! »

J'ai entendu Grand-mère dans l'entrée, qui disait à papa que j'étais morbide.

« Comment pouvez-vous dire une chose pareille, maman? a-t-il dit. S'il y a quelqu'un qui peut la sauver, c'est bien sa sœur jumelle! »

Il a donc compris. Et il va m'appuyer.

Après le souper

Je n'ai pas pu manger, même si Tatie m'a monté un plateau. Pendant qu'elle ne regardait pas, j'ai glissé les biscottes et le fromage dans la poche de mon tablier et j'ai jeté le lait malté Horlicks par la fenêtre. J'espère qu'il va pleuvoir et que la pluie va le faire disparaître du rebord de la fenêtre avant que quelqu'un s'en aperçoive.

Oh, Jane! Je t'écris parce que je ne suis pas capable de rester assise tranquille, à ne rien faire. La plupart du temps, je tiens les mains de Fanny, mais à tout moment elle devient agitée et me repousse. Puis, chaque fois que quelqu'un s'approche, elle me tend les mains et s'accroche à moi comme si elle s'accrochait à la vie. J'ai l'impression d'être en verre fragile et sur le point d'éclater en mille morceaux.

Après une pause

Fanny est encore en vie. Le docteur va revenir. Tatie est partie s'assurer que tout va bien du côté de Théo. Papa est en train de le mettre au lit. Tatie ne fait que passer la tête dans l'embrasure de la porte et lui envoyer des bisous soufflés. Je l'ai vue le faire. Elle n'enlève jamais son masque. Théo a demandé comment les bisous pouvaient faire pour en sortir, et Tatie a répondu que les bisous pouvaient voler dans les airs tout autour de la Terre sans aucun problème.

Le port du masque est peut-être inutile. Personne ne sait comment on attrape cette grippe. Et personne ne sait comment la soigner. Mais Tatie ne doit prendre aucun risque. C'est comme la peste, dans l'ancien temps.

« Fanny, respire! » lui dis-je de mon ton le plus convaincant. Si elle n'était pas si malade, elle me dirait d'arrêter de lui donner des ordres.

Il ne faut pas qu'elle s'aperçoive à quel point j'ai peur.

Vendredi 25 octobre 1918, 3 h du matin

Je suis très fatiguée. Mais je ne dois pas m'endormir. J'ai la sensation que, si je peux la veiller jusqu'au lever du soleil, ma Fanny va s'en tirer.

Mais je suis tellement fatiguée, et il n'y a aucun signe que le jour arrivera bientôt. Si seulement le ciel pouvait commencer à blanchir! Je suis sûre que, à partir de là, elle se sentira mieux. Ne pas m'endormir! Je sais que c'est fou. Ne t'endors pas, Fiona! Garde les yeux

Je me suis endormie sur ma chaise. Je tenais la main de Fanny sans la serrer parce qu'elle était trop brûlante. Je me suis mise à écrire et là, la plume m'a échappé de la main, laissant un pâté sur la feuille.

La voix de Fanny m'a réveillée en sursaut. « Si noir, a-t-elle dit soudain, d'une voix faible et étranglée. Pourquoi si noir? »

« Les jours raccourcissent, en ce moment », ai-je dit. Mais elle n'était déjà plus là et elle ne m'a pas entendue.

Pourtant, elle est toujours en vie. Je ne dois pas me rendormir. J'ai d'ailleurs du mal à croire que j'ai dormi. Je me rappelle que les disciples se sont endormis, même si Jésus leur avait dit de rester éveillés. Je me suis toujours dit qu'ils étaient ingrats et je n'avais jamais compris ce passage des Évangiles avant ce soir. Ils ne pouvaient pas s'empêcher de dormir, et moi non plus. Combattre le sommeil, c'est comme essayer de ne pas s'enfoncer dans des sables mouvants. Ça vous aspire par le bas, quels que soient vos efforts pour y échapper.

Je me suis sentie sur le point de me rendormir et je me suis mise à chantonner une chanson triste. Il a fallu que j'en change vite, sinon je me serais endormie dessus ou bien Fanny se serait noyée dans mon torrent de larmes. De toutes façons, je n'ai pas vraiment le cœur à chanter. Je vais marcher de long en large pour un petit bout de temps et, en passant devant la table de toilette, je vais me rafraîchir le visage avec un peu d'eau froide.

Encore vendredi 25

Au point du jour

Je viens d'aller à la fenêtre et je suis sûre que je ne rêve pas quand j'affirme que le ciel commence enfin à blanchir. Il n'est plus noir, mais gris. Je vais le regarder jusqu'à ce que le soleil se lève. Regarder, c'est tout ce que je suis capable de faire correctement, à l'heure qu'il est.

Tatie vient de temps en temps et propose de me remplacer, mais je secoue la tête et je reste là tandis qu'elle regarde le pauvre visage de Fanny pendant quelques minutes, avant de repartir.

Au matin d'un jour nouveau!

Je suis dans la chambre de Tatie. J'ai mangé du pain avec un bol de lait et, maintenant, je dois te raconter le miracle qui s'est produit. Voici ce qui s'est passé, Jane.

J'ai déposé ce carnet et je me suis mise à marcher de long en large pour m'empêcher de me rendormir. Puis je suis allée à la fenêtre pour, me semblait-il, la centième fois, quand j'ai aperçu une touche de rose dans le ciel. Et là, Fanny a parlé.

« Oh, Fiona! a-t-elle dit. Je suis fatiguée, si fatiguée! »

Je suis retournée auprès d'elle en courant et j'ai saisi sa main. Elle n'était plus brûlante. La peur m'a fait crier :

« C'est la grippe, Fanny, lui ai-je hurlé dans les oreilles. Tu vas bientôt aller mieux. Ce n'est que la grippe. Ça rend tout le monde fatigué ».

Elle s'est mise à rire, d'un petit rire enroué. « Toujours? Pourquoi Fiona sait-elle ça? » m'a-t-elle demandé.

« Parce que je le sais », ai-je dit, incapable de m'empêcher de crier.

« Fiona, respire! », a-t-elle dit en serrant ma main un tout petit peu. Puis elle a desserré sa main et, tout à coup, je l'ai sentie beaucoup plus fraîche.

Jane, même si je n'arrivais pas à m'en convaincre dans mon cœur, ma tête me disait que si sa main se refroidissait comme ça, c'était parce qu'elle était en train de mourir. J'ai ouvert la bouche pour crier, mais juste avant que mon hurlement sorte de ma bouche et réveille toute la maisonnée, Tatie est arrivée.

« Fiona, qu'est-ce qui se passe? » a-t-elle demandé. Puis elle s'est précipitée dans la chambre et a posé sa main sur le front de Fanny. Des larmes se sont mises à couler sur ses joues.

Sur le coup, j'ai voulu lui demander si Fanny était morte, mais j'avais perdu la voix. J'ai serré la main de Tatie si fort que j'ai dû lui faire mal. Elle m'a regardée et elle a deviné ma pensée.

« Ne soit pas si bête, elle dort! » m'a-t-elle dit. Et elle m'a embrassée. J'avais mon masque sur la figure, alors son baiser a abouti sur mes cheveux.

« Mais elle a les mains toutes froides? » ai-je dit, encore tout effrayée.

« Parce que la fièvre est tombée, m'a expliqué Tatie, d'une voix enjouée. Finalement, ta sœur ne va pas mourir. Vous, les jumeaux, vous avez vraiment la couenne dure! »

Jane, sais-tu ce que j'ai fait? Comme Tatie, je me suis mise à brailler comme un bébé. Et mon petit doigt me disait que, si Fanny était morte, la moitié de moi serait morte aussi. Je n'avais jamais compris avant ce moment-là que…

Je ne suis pas capable de l'expliquer par écrit. Il n'y a pas de mot pour nommer ce que je ressens envers Fanny et ce qu'elle ressent envers moi. Mais je n'aurais jamais cru...

Plus tard

Tatie a ramassé mon journal là où il était tombé et a finalement réussi à me forcer à quitter Fanny et à aller me coucher dans sa chambre. Jane, j'y suis allée parce que je savais que Fanny n'aurait pas de problèmes. Je me suis laissée tomber dans le lit et j'ai dormi jusqu'à ce qu'un rayon de soleil vienne me chatouiller les paupières. En tout cas, c'est ce que j'ai ressenti. Puis j'ai vu la lumière du matin qui entrait par la fenêtre de Tatie.

J'ai sauté du lit comme tu peux l'imaginer, et j'ai couru voir Fanny, mais Tatie m'a renvoyée. Elle m'a assuré que Fanny dormait profondément et qu'elle avait passé le moment critique. Je suis épuisée, mais follement heureuse. Maintenant, je dois me reposer, sinon je risque de tomber malade, et ce sera au tour de Fanny de me veiller!

Elle le ferait, c'est sûr.

J'espère que j'aurai deux filles, Jane, pour que tu aies une sœur. Je ne peux pas imaginer ce que je serais devenue sans Fanny. Dire que j'ai pensé que nous étions si différentes et que, finalement, nous n'étions pas si proches que ça l'une de l'autre!

Soit dit en passant, la grippe de mon cousin Georges s'est avérée un cas mineur, même s'ils ne l'ont pas encore laissé retourner à l'université. Je ne me suis pas inquiétée de lui, mais je suis contente que papa se sente soulagé.

À l'heure du coucher

Fanny va beaucoup mieux ce soir. Depuis qu'elle peut avaler de nouveau, je dois lui donner à manger du pouding au lait à la petite cuillère. Et lui faire des tasses de lait malté Horlicks. C'est censé être particulièrement bénéfique pour ceux qui ont eu la grippe, d'après Tatie.

J'ai passé seulement un petit bout de temps à prendre soin de ma patiente et j'ai beaucoup d'admiration pour les mamans rouges-gorges qui vont et viennent sans arrêt, de leur nid à la pelouse et de la pelouse à leur nid, rapportant des tas de vers de terre à leurs petits. Ma sœur est en vie!

Dimanche 27 octobre 1918, le midi

Aujourd'hui, à cause de la grippe, il n'y a pas d'office à l'église. Tatie a assisté aux funérailles d'une femme de notre communauté et s'est aperçue qu'elle était la seule personne à ne pas être de la parenté. Il y avait aussi deux petits cercueils dans une des pièces, deux petits frères qui sont morts. Le service funèbre a été bref. On lui a dit qu'il y en avait eu une douzaine d'autres, la semaine dernière. Tatie avait du mal à en parler. La mort semble gagner du terrain, mais pas chez nous, avec Fanny qui se remet.

En fin d'après-midi

Fanny est de plus en plus grognonne, toujours en train de rouspéter à propos de tout, d'une petite voix qui ne ressemble pas à la sienne. Rien de ce que nous faisons ne lui convient. Elle n'a même pas voulu boire le lait chaud que Jo lui a apporté, parce qu'il y avait une peau sur le dessus. Tatie dit que c'est un signe certain de guérison. Elle m'a expliqué qu'elle a souvent pu le vérifier par le passé. J'espère que Tatie sait ce qu'elle dit. Ça pourrait m'aider à être patiente face à cette mauvaise humeur.

Je te l'avoue à toi, Jane, mais à personne d'autre : je suis sur le point de ne plus être capable de supporter ma jumelle adorée. Elle a échappé aux griffes de la Mort. Elle pourrait au moins se montrer gentille et reconnaissante pour toutes les heures que j'ai passées, morte d'angoisse, à son chevet. Non! Pas Francesca! Elle chipote sur tout, dit que les ustensiles sont trop lourds, qu'il y a des miettes qui la grattent dans son lit ou qu'elle veut boire de l'eau, et de la FROIDE. « Vraiment froide, cette fois-ci, Fiona », me dit-elle en geignant, comme la princesse qui avait un petit pois sous une montagne de matelas. J'aurais bien envie de lui dire froidement que je ne suis pas sa servante et qu'elle n'est pas de sang royal. Puis je me rappelle qu'elle a failli mourir et je vais prélever un petit morceau de glace sur le gros bloc qui est dans la glacière afin de servir à son altesse une boisson froide qui soit à sa convenance!

Je n'arrive pas à m'empêcher de regarder son pauvre visage, même quand elle est de mauvaise humeur comme ça, parce qu'il est si creusé et que j'ai failli la perdre et que je l'aime comme elle est, Jane. Mais je pense que ce ne serait pas bon pour elle si je l'inondais de toute cette gratitude même si, comme on dit le psaume 23 : « Ma coupe déborde ».

J'ai jonglé avec l'idée de dire que je commence à faire de la fièvre ou à avoir mal à la gorge, mais Tatie serait bien trop inquiète. Et ce serait tenter le sort. Grâce au Ciel, je me sens en pleine forme.

À l'heure du coucher
Dans la chambre de Tatie

Je ne ferais pas une bonne infirmière. C'est ce que m'a dit ma satanée sœur. Malgré le morceau de glace dans son eau. Tout ça parce que je lui ai mouillé la nuque avec l'eau de son bain. Très grave!

Jemma a dit à Théo qu'il y avait une pénurie de fossoyeurs à cause de la grippe. « Et si l'un de nous tombe malade, qui va creuser sa tombe? » a-t-il demandé, les yeux pleins de malice. Il n'a pas la moindre idée de quoi il s'agit.

« Fiche le camp, espèce de petit croque-mort! » lui ai-je dit.

Alors Tatie m'a dit d'être plus gentille.

Jane, je devrais peut-être m'arranger pour que tu sois fille unique. Il doit y avoir un moyen.

Lundi 28 octobre 1918

Toujours au service de sa majesté Francesca! Après une bonne nuit de sommeil, je crois que je suis capable d'être plus patiente. C'est difficile d'être débordante de tendresse quand on est si angoissée et si fatiguée qu'on a peur de s'écraser par terre à tout moment. Elle est toujours d'aussi mauvais poil. Mais je suis éternellement reconnaissante qu'elle me soit revenue du néant.

J'ai failli lui demander comment c'était, dans l'antichambre de la Mort, mais je n'ai pas pu. Elle est encore très amaigrie et très pâle, avec des cernes noirs tout autour des yeux.

Tatie et moi l'avons veillée, l'une étendue dans son lit et l'autre assise sur la chaise, à tour de rôle. Elle dit que je peux revenir dormir dans notre chambre aujourd'hui. Papa a installé une couchette pour moi. Ça manque de paix et de tranquillité pour écrire son journal. Désolée, Jane!

Ils disent que l'épidémie ralentit et que, même si des gens en tomberont encore malades, il ne devrait plus y avoir autant de morts. Je prie pour que ce soit vrai. Nous avons été très chanceux dans notre famille. Fanny a été très malade, mais tout le reste de la famille a été épargné. Quand je pense que des familles complètes en sont mortes!

Les autorités disent qu'on devrait laisser tomber les célébrations de l'Halloween. Nous n'avions rien prévu de particulier, mais Théo voulait se déguiser et faire la tournée des voisins. Tatie et papa sont encore en train d'en discuter. C'est dommage, Théo n'a pas encore six ans. Il ne devrait pas avoir à subir les contrecoups des problèmes des grandes personnes.

Mardi 29 octobre 1918

Ce matin, Fanny m'a demandé de chanter pour elle. C'est pourtant elle qui a la voix d'un ange, mais j'ai fait de mon mieux. Au bout de quatre chansons, elle a soupiré et m'a demandé si je connaissais seulement des chansons qui parlaient de la mort. Je ne m'étais jamais rendu compte qu'il y en avait tant que ça sur le sujet.

Je réfléchissais, quand elle a dit, d'un ton fatigué : « Tu peux laisser tomber les chansons, à moins que tu en trouves une vraiment gaie ».

Alors, dans ma tête, j'ai fait le tour des chansons que je connais et j'ai finalement entonné : *Ah! Vous dirais-je maman*. Au moins, je l'ai fait rire. Et son rire, même rauque, faisait du bien à entendre.

Puis j'ai continué avec une autre chanson, et elle s'est endormie, Dieu merci!

Je peux l'avouer maintenant : j'avais peur qu'elle puisse encore mourir, même si elle semblait aller mieux. Maintenant, je sais qu'elle va vraiment mieux. Je l'ai su en l'entendant rire.

Mercredi 30 octobre 1918

Je suis assise dans l'arrière-cuisine, devant un petit feu, en train de siroter une tasse de Postum. Tatie pense que je commence un rhume et que je dois me ménager, alors je suis assise devant le foyer. Le feu est comme un vieux compagnon : il me parle en crépitant, et je ne suis pas obligée de lui répondre. Même si je préfère le chocolat Fry au lait malté Postum, c'est toujours mieux que de boire de l'eau. Sauf par une chaude journée d'été, évidemment. Ces jours-là, l'eau est ce qu'il y a de meilleur.

Le docteur est certain que Fanny va s'en remettre complètement, mais elle est encore très faible, pâle et sans énergie. Je ne l'ai jamais vue aussi abattue. C'est inquiétant.

Théo ne va pas sortir pour l'Halloween. Il allait faire une grosse crise, mais papa l'a emmené avec lui pour qu'ils se parlent entre hommes. Quand Théo est ressorti du bureau, il se tenait bien droit et la tête haute, mais je voyais ses lèvres trembler. Pauvre Théo!

Le jour de l'Halloween, le 31 octobre 1918

Dans le journal, on dit que le nombre de décès pour hier est tombé à seulement quinze. Comme si quinze, ce n'était rien!

J'aurais envie de passer toute la journée au lit, mais je ne le dirai pas. Tatie en serait morte d'inquiétude et elle en a déjà assez supporté comme ça.

Vendredi 1er novembre 1918

Seulement deux enfants se sont présentés à notre porte. L'an dernier, il en est venu des paquets, et Tatie a passé tout notre sucre en bonbons et en pommes au sucre d'orge à leur offrir. Les deux qui sont venus ont été déçus de recevoir du sucre d'orge ordinaire, cette année. Tatie me laisse répondre à la porte, mais avec mon masque, et elle les renvoie sans s'attarder à bavarder avec eux.

Je déteste ce masque. Je dois même le porter quand j'emmène Hamlet se promener. Le reste de la famille est trop petit, trop malade ou trop occupé. Il pourrait me traîner au bout de sa laisse, mais il est bien élevé et il est tellement content quand je décroche sa laisse du mur. Théo prétend qu'Hamlet ferait très bien ça s'il allait le promener, mais Tatie lui a défendu d'essayer. « Même un chien avec un grand cœur d'or peut se laisser tenter et oublier les règles », a-t-elle dit.

Samedi 2 novembre 1918

Tout le temps que Fanny était malade, Mlle Dulcinée Trimmer s'est tenue loin de chez nous, mais depuis que le docteur a décrété que Fanny était remise, cette femme vient ici à tout bout de champ. Elle est censée être là pour rendre visite à Grand-mère, mais on la retrouve tout le temps dans l'entrée, dans la cuisine ou devant la porte du bureau de papa. Je l'ai dit à Fanny, et elle m'a dit qu'elle l'avait remarqué, elle aussi.

« Elle est à l'affût, a dit ma sœur. Elle le prend pour un gibier à attraper. »

Si Fanny a vu juste et que Dulcinée Trimmer a un œil sur papa, je ne vois pas là de quoi s'inquiéter. Quand elle est ici, il essaie plutôt de se faire oublier. Si, par malchance, il tombe sur elle, il repart en courant, l'air d'un animal traqué. Je l'ai dit à Fanny, et nous avons ri à en avoir mal au ventre. Tatie est arrivée, nous demandant ce qu'il y avait de si amusant, et j'ai failli le lui dire, mais je me suis rendu compte qu'il ne fallait pas. J'ai regardé Fanny, et elle a secoué la tête, puis a dit à Tatie que c'était à cause d'une blague qu'une dame de son âge vénérable ne pouvait pas apprécier.

Dimanche 3 novembre 1918

J'ai commis l'erreur de dire à papa que je m'ennuyais, et il m'a donné une pile de journaux à lire. « Tu pourras ensuite parler dans ton journal de choses que tu y as lues, Fiona », a-t-il dit.

Je lui ai dit que c'était le jour du Seigneur et que je n'étais pas censée travailler. Il m'a regardée avec son air qui vous fait décamper aussitôt!

Je NE vais PAS recopier dans ces pages toutes ces nouvelles de la guerre, mais on dirait bien que nous sommes en train de la gagner, finalement. Il y a deux jours, nos troupes ont attaqué les lignes allemandes à Valenciennes. Il semble qu'ils les ont battus à plate couture. Et la fin semble proche. Même les Huns d'Attila n'auraient pas résisté à une telle force de frappe. Nous avons perdu quatre-vingts soldats, et il y a eu encore plus de blessés, mais si ça veut dire que ce sera bientôt fini, alors ça en vaut la peine. Je continue de penser aux blessés que j'ai vus de mes propres yeux, et ça me rend malade. Je me demande ce qui est advenu de Michael Franks. Peut-être qu'un jour, je le rencontrerai dans la rue.

Lundi 4 novembre 1918

Il ne s'est rien passé d'intéressant de toute la journée, Jane. Pas grave, parce que je me sens trop épuisée pour écrire. C'est fatigant pour une fille, quand il ne se passe rien!

Mardi 5 novembre 1918

Ce matin, quand je me suis réveillée, j'entendais Théo qui récitait, devant la porte de notre chambre :

Bonnes gens, rappelez-vous ce jour du 5 novembre où flottaient dans l'air des relents de poudre à canon, de trahison et de complot.

J'ai d'abord cru qu'il était devenu fou, puis je me suis rappelé que c'est la fête de Guy Fawkes et qu'il veut qu'on allume des feux d'artifice. Je me demande qui lui a mis cette idée dans la tête. Probablement Jemma. Elle se cherche quelque chose à faire, ces jours-ci. Pendant que son école normale était fermée, elle s'est un peu occupée des malades, mais Tatie a décidé qu'elle devait rester à la maison, et Jemma était bien soulagée. Mais, elle déteste n'avoir rien d'autre à faire que de distraire Théo. Je me demande si je pourrai trouver des feux d'artifice. Je ne sais pas où aller, avec tous ces magasins fermés. Peut-être qu'un feu de camp dans la cour ferait aussi bien l'affaire.

Jemma ne va pas aider les *Sisters of Service* autant que je l'aurais cru. Jo, oui. Jemma dit que, au début, l'idée lui a plu, mais qu'elle n'est pas douée pour faire ça. Je sais ce qu'elle veut dire, depuis que j'ai veillé au chevet de Fanny. Ça fait peur, il faut tout le temps changer les draps, essuyer la bouche du malade et, en gros, nettoyer toutes sortes de dégâts. En plus, on a tout le temps peur de se retrouver toute seule auprès d'un malade qui va choisir ce moment-là pour mourir.

Mercredi 6 novembre 1918

Tatie a décidé que toute la maison avait besoin d'être nettoyée de la cave au grenier afin d'en déloger toute trace du virus de la grippe. Je n'ai pas eu une minute à moi, Jane. Il a fallu frotter, balayer, épousseter, dépoussiérer et courir dans tous les sens toute la journée. Je plains les ménagères!

Je m'assure que Théo fait sa part. Un jour, sa femme me remerciera.

Jeudi 7 novembre 1918

Encore du ménage. Je me sens toute sale, même si nous avons fait du lavage. Du décrassage, en fait. Jemma dit que c'est comme de travailler pour les S.O.S, sauf que c'est pour nos proches, au moins.

Vendredi 8 novembre 1918

Jo nous a raconté des histoires épouvantables. Caro, elle-même, leurs amis en médecine et des tonnes d'étudiantes en soins infirmiers se sont portés volontaires pour aider les *Sisters of Service* à prendre soin des malades, comme Jemma l'a fait au début.

À la fin d'octobre, il y avait tellement de cadavres à transporter qu'il n'y avait pas de fourgon mortuaire assez grand pour tous les contenir. Ils ont donc dû adapter des tramways. Jo en a vu un avec dix cadavres empilés. Papa connaît un ministre qui a célébré quatorze services funèbres en une seule journée. Un vrai cauchemar et, pourtant, c'est la réalité!

Quand quelqu'un commence à raconter une de ces horribles histoires, je deviens tendue. Fanny a failli vomir quand Jo a raconté les pires anecdotes.

« S'il te plaît, tais-toi, Joséphine! » lui ai-je demandé, fâchée.

« Oui. Épargne-nous », a ajouté Tatie.

À un moment donné, je suis allée chercher une petite cuvette pour vomir. Fanny a failli s'étouffer, et Jo s'est mise à rire, de ce nouveau rire un peu sauvage, et a dit : « Allez vite! Prends la cuvette ». Fanny l'a fusillée du regard et elle n'a pas vomi. Je lui en ai été profondément reconnaissante. Ça va tant que je ne le sens pas, mais là, je ne peux pas m'empêcher d'avoir le cœur qui lève. (Désolée, Jane, mais tu veux TOUT savoir de la jeunesse de ta mère, non?)

Dans une des familles que Jo et Caro sont allées aider, presque tout le monde était déjà mort quand elles sont arrivées. Il restait seulement deux petites filles qui s'étaient réfugiées dans une pièce du haut, blotties l'une contre l'autre. En bas gisaient les corps de leur mère, de leur petite sœur encore bébé et de leur père, froids comme la pierre.

Je pense que Jo ne devrait pas s'approcher d'endroits pareils, même si elle est une *Sister of Service.* Je m'inquiète beaucoup pour elle. Elle n'est pas malade, mais elle a l'air fatiguée et comment dire... obnubilée.

J'ai fait de mauvais rêves après qu'elle nous a raconté une de ses visites. Je la trouve incroyablement courageuse, mais elle a beaucoup changé. J'ai demandé à Tatie si elle croyait qu'elle était en train de trop s'endurcir. Elle a dit :

« Je comprends ce que tu veux dire, Fiona. Mais elle doit se blinder, sinon elle ne servirait à rien. Autrement, comment aurait-elle le courage de se rendre dans une autre maison après avoir trouvé une famille presque entièrement morte? À quoi servirait-elle si elle s'effondrait en larmes et se mettait à se lamenter sur place? Elle doit refouler ses vrais sentiments pour faire face à ces situations dramatiques. »

Je comprenais ce qu'elle voulait dire, mais ça me fait encore très bizarre de me sentir devant ma Jo comme devant une étrangère. Je suis terrorisée à l'idée qu'elle puisse attraper la maladie. Mais elle dit qu'elle sait, sans savoir pourquoi, que Caro et elle s'en tireront tant qu'elles y mettront toutes leurs énergies.

« Peut-être que le fait d'être avec des gens qui sont

malades nous procure une certaine forme d'immunité », a-t-elle dit hier soir.

« Mais fais bien attention! » lui a répondu papa, du tac au tac. Puis pour la millième fois, il lui a dit de se laver les mains avec du savon désinfectant, de toujours garder son masque et de sortir prendre l'air aussi souvent que possible. Et de donner à Tatie toutes ses affaires à laver à la minute même où elle remet les pieds à la maison. Jo en a ri, mais elle fait quand même ce qu'il lui dit de faire. Je sais que les horreurs auxquelles elle doit faire face doivent l'épouvanter au fond de son cœur, mais elle se moque tout le temps de nous voir inquiets.

Jemma en a même rajouté, quand papa a eu terminé son sermon.

« Tu vas finir par lui demander de se déshabiller dans la véranda d'en avant, lui a-t-elle dit. Les voisins vont appeler la police, et ils vont embarquer Jo flambant nue, sans lui donner une chance d'enfiler des vêtements propres. »

« Jemima! a hurlé Grand-mère. Ne sois pas si vulgaire. Je n'aurais jamais pensé qu'une de mes petites-filles parlerait de manière si grossière! »

Papa a grondé Jemma, puis il a dû se dire qu'elle avait parlé comme ça parce qu'elle a peur pour Jo. En tout cas, c'est ce que je pense, moi. J'ai repensé à ce qu'elle a dit, parce qu'elle n'a pas dit de jurons, alors ça doit être les expressions « se déshabiller » et « flambant nue » qui ont tapé sur les nerfs de Grand-mère. Jemma a du cran!

« Fais juste attention de bien te laver », a dit papa à Jo. Puis il est sorti de la pièce.

En pleine nuit

Je me suis réveillée à cause d'un cauchemar, Jane, et j'ai entendu Jemma pleurer. Je me préparais à aller la voir quand j'ai entendu la voix de Tatie qui lui parlait doucement. Alors je me suis recouchée. Drôle d'époque! Plus rien n'est comme d'habitude. Si nous retournions à l'école, ça aiderait. Mais ils n'ont pas encore rouvert les écoles.

Samedi 9 novembre 1918

Caro et son frère William sont venus ici hier soir. Elle nous a apporté un gâteau au caramel qu'elle avait fait elle-même. Nous n'avions jamais mangé ça, et c'était un vrai délice. C'était pour célébrer la guérison de Fanny et son retour à la vie normale.

Nous étions tous si contents de la revoir à sa place habituelle, à table. Tatie nous a dit de faire attention de ne pas la fatiguer.

Caro a alors dit, l'air déçu : « Alors pas de partie de *Pounce*? »

Tout le monde a ri, mais personne n'a dit : « D'accord! On joue! » Nous n'avons pas encore vraiment le cœur à la fête, comme dit Tatie. Entre autres, parce que nous sommes restés enfermés depuis si longtemps dans la maison. J'ai lu une quantité incroyable de livres. Je croyais que je ne pouvais pas me lasser de lire, mais là, j'ai tellement envie d'aller au cinéma ou de me promener dans les bois! Tout me semble merveilleux, à condition que ce soit en dehors de cette maison qui sent le renfermé. Un petit tour avec Pégase serait épatant. Je le ferais si Fanny pouvait venir avec moi, mais Tatie dit qu'elle doit d'abord reprendre des forces.

Et puis, c'est peut-être encore dangereux. J'espère tout le temps que Jo est prudente. Elle a été envoyée plus d'une fois dans des maisons où les parents avaient attrapé la maladie. Elle dit qu'elle prend toutes les précautions nécessaires, mais personne ne sait vraiment ce qui protège les gens. Jo dit que je suis forte, mais elle encore plus forte que moi. Mais quand même…

Après leur départ, Jemma a dit :

« William a certainement aimé ce gâteau. À lui tout seul il en a mangé plus que nous tous ensemble. »

Ce n'est pas tout à fait vrai, mais tout le monde a regardé l'assiette vide et s'est mis à rire.

Puis Jo a dit, sans rire :

« Il était dans les tranchées, vous savez, avant d'être déclaré invalide. Il dit qu'ils n'avaient jamais assez à manger. Après ce qu'il a supporté, on ne peut pas le blâmer de manger plus que Théo. »

Personne ne le blâmait, Jane. Nous faisions juste des blagues. Mais à voir la façon dont Jo s'est lancée à sa défense. Je pense qu'elle a un penchant pour lui. Dans ce cas, j'espère que c'est réciproque. Jemma a des tas d'admirateurs, mais Jo n'en a jamais eu un seul.

Dimanche 10 novembre 1918

Papa n'a plus qu'une chose en tête : les nouvelles de la guerre. Il est absolument certain que la paix arrivera dans les jours qui viennent. J'espère qu'il a raison, mais je n'arrive pas encore à y croire.

Fanny et moi, nous sommes descendues au jardin aujourd'hui. Elle a vite eu froid, et ses jambes se sont mises à flageoler, alors nous sommes rentrées, mais ça faisait du bien de la voir avec les joues roses. Théo est sorti avec nous et Hamlet aussi, avec son air tristounet habituel et son derrière qui frétillait de plaisir à l'idée de se retrouver dehors avec la famille.

Phyllis, une amie de Jemma, va coucher chez nous ce soir pendant que sa mère est occupée à soigner son grand-père. J'en suis contente. La présence de Phyllis empêchera Jemma de s'inquiéter pour Jo. Ce n'est pas bon pour Jemma de s'inquiéter. Elle ne tient plus en place et dit qu'elle veut s'enfuir à la mer. En tout cas, c'est ce que je l'ai entendue dire à Phyllis. Celle-ci lui a demandé de quelle mer elle parlait et elle a répondu :

« La mer des pêcheurs. Pauvre petit pêcheur, prends patience pour pouvoir prendre plusieurs petits poissons. »

Lundi 11 novembre 1918,
dans l'après-midi

LA GUERRE EST FINIE! Nous avons été réveillés par les cloches des églises qui sonnaient à toute volée, les sirènes qui hurlaient et les gens qui criaient de joie. La vieille Mme Manders, notre voisine, est sortie sur son balcon du haut, habillée en robe de chambre, et elle s'est mise à chanter à pleins poumons un hymne à la gloire de Dieu. C'était très bien, même s'il faisait encore noir. Papa est sorti pour voir ce qui se passait et il est revenu avec la bonne nouvelle et un sourire comme je ne lui en avais plus vu depuis des siècles.

Jemma et Phyllis sont descendues en chemises de nuit pour le déjeuner. À la minute même où elles ont su que la guerre était finie, elles ont enfilé leurs manteaux, ont attrapé des tartines de confiture et se sont précipitées dans la rue pour participer aux réjouissances. Elles ne sont même pas remontées pour s'habiller correctement avant de filer par la porte d'en avant. Tatie a tenté de les faire rentrer, mais elles étaient trop folles de joie pour l'écouter. Elle leur a quand même couru après et les a forcées à prendre des masques. Elles ont ri encore plus fort, mais elles les ont tout de même mis.

Puis elles ont disparu au coin de la rue, et Tatie est revenue lentement. Elle était scandalisée et effrayée, aussi.

On nous a avertis que la grippe se transmet probablement de personne en personne, on ne sait pas trop comment, et qu'il faut rester chez soi et éviter les rassemblements où il y a danger de contagion.

Mais Jemma portait son masque quand elle est partie danser dans les rues en entraînant Phyllis à sa suite. Et Phyllis ne s'est pas fait prier! Deux vraies écervelées!

J'aimerais tellement y aller, moi aussi, mais je ne veux pas laisser Fanny. Aussi, je l'avoue, j'ai peur. Après tout, j'ai vu Fanny qui a failli mourir. Jemma savait ce qui se passait, mais comme elle n'a pas eu le droit d'entrer dans la chambre, elle n'a pas vu à quel point Fanny a frôlé la mort. Elle a vu d'autres malades mourir, mais ce n'est jamais aussi choquant.

On entend le bruit des réjouissances qui entre par nos fenêtres, les cloches des églises qui sonnent, les sirènes qui hurlent et toutes sortes de bruits, comme des cymbales qui tintent et des gens qui chantent et qui crient. Je sais que c'est merveilleux et que c'est une journée historique, mais ça me semble encore bien loin et pas tout à fait réel. Ça dure depuis des heures!

Je voudrais que Jemma se dépêche de rentrer. Elle est partie depuis des siècles! Tatie en fait une maladie. Elle n'arrête pas de grommeler :

« Elle n'était même pas habillée comme il faut. »

« Mais tu l'as obligée à mettre son masque », ai-je fini par lui dire.

« Oui, m'a-t elle dit, en me regardant comme si j'avais été une inconnue. Oui, c'est vrai. »

Au début de la soirée

Jemma et Phyllis sont rentrées quand il était presque l'heure du souper et elles étaient toujours aussi joyeuses, mais éreintées. Elles se sont affalées dans des fauteuils, au salon, en disant qu'elles ne sentaient plus leurs pieds, à force de danser, ni leur gorge, à force de chanter *Rule Britannia* et *It's a Long Way to Tipperary* et *Pack Up Your Troubles in Your Old Kit Bag*. Elles ont dit qu'elles avaient embrassé des soldats et des marins et puis n'importe qui, et qu'on les embrassait en retour.

Grand-mère les a fusillées du regard en disant que leur comportement était scandaleux.

« Il est difficile de croire que vous êtes deux jeunes filles bien élevées! » a-t-elle dit.

Mais papa l'a ignorée et il n'arrêtait pas de regarder Jemma d'une drôle de façon. Puis je me suis rendu compte de ce qu'il avait vu. Il n'était pas inquiet de leur comportement scandaleux. Il s'était aperçu que Jemma n'avait plus son masque.

Tatie la regardait, aussi troublée que lui. Je voyais bien que, si elle était dans tous ses états, c'était parce qu'elle avait peur, mais je crois que les deux autres ne s'en sont pas aperçues.

Jemma s'est levée et s'est dirigée vers la cuisine pour aller boire de l'eau. Elle avait ôté ses chaussures, mais elle avait encore beaucoup de mal à marcher.

« Est-ce que ça valait la peine? lui ai-je demandé. Regarde tes pauvres pieds! »

Elle m'a souri et a dit que c'était fantastique. C'est un de ses mots préférés, en ce moment. Elle a ajouté que j'aurais dû venir avec elles.

Elle a disparu dans l'entrée, et Tatie a chuchoté : « Elle l'avait, en partant ».

« Elle avait quoi? » a rétorqué Grand-mère.

Tatie n'a pas répondu, alors j'ai dit : « Son masque ».

« Oh! Je pense qu'ils ne servent pas à grand-chose, a dit Phyllis. Ils sont encombrants. Je crois qu'elle l'a fourré dans la poche de son manteau. En tout cas, c'est ce que j'ai fait. »

Jemma est revenue en boitillant et nous a raconté qu'un gigantesque marin lui avait marché sur le pied, puis l'avait embrassée, en guise d'excuse.

« Il ressemblait à John Barrymore, Fiona, a-t-elle dit. À dire vrai, j'ai l'impression d'avoir les orteils réduits en mille miettes. »

Elle avait l'air d'avoir le cœur bien léger, pour une fille

qui avait le pied cassé. Elle avait mis sa vie en danger et n'avait pas l'air de comprendre que quelque chose n'allait pas. Au passage, en retournant s'asseoir dans son fauteuil, elle a embrassé Grand-mère sur le front. Jane, elle avait l'air soûle, mais de joie.

Personne ne lui a parlé de son masque. Je suppose qu'ils se sont dit que ça ne servait à rien.

Le père de Phyllis est venu la chercher dans leur automobile. Théo, vert de jalousie, les a regardés repartir, le nez écrasé contre la vitre. Il n'arrête pas de demander à papa qu'on en achète une, mais papa lui répond qu'il peut marcher jusqu'à l'école et que l'église et la bibliothèque ne sont pas loin, alors pourquoi dépenser son argent pour une automobile? Théo cherche un bon argument pour le convaincre.

Ensuite, Tatie a obligé Jemma à prendre un bain bien chaud, lui a lavé les cheveux et l'a mise au lit. Si la propreté est un gage de bonne santé, alors Jemma n'a rien à craindre. Il y avait la moitié d'un pain de savon Ivory dans la salle de bain et, maintenant, il n'en reste plus une miette! Et la bouteille de shampoing au goudron et à l'huile de noix de coco est presque vide. Si j'étais un virus de la grippe, je me sauverais au plus vite, en sentant ce machin. Je crois que c'est le goudron qui sent si mauvais.

Alors, Jane, voilà ce qui est arrivé à ta famille, le jour où la guerre s'est terminée. C'est comme si tu venais de lire une page d'histoire en direct. Jemma continue de chanter dans sa chambre, mais elle a l'air d'être sur le point de s'endormir. Je suis sûre qu'elle va s'en tirer.

Mardi 12 novembre 1918

Nous avons passé toute la journée à faire de petits travaux ménagers tout en surveillant si Jemma ne présentait pas des signes de grippe. Jusqu'à maintenant, elle a l'air de se porter mieux que jamais. Elle est juste fatiguée par sa joie qui déborde de partout.

L'école a recommencé, mais Tatie nous garde à la maison un peu plus longtemps.

Mercredi 13 novembre 1918

Jemma a toujours l'air de bien aller, même si elle a un petit rhume. C'est le mot que Tatie a employé, en tout cas. Elle a envoyé Jemma s'étendre dans sa chambre. On attrape forcément un rhume, avec tant d'embrassades.

William G. s'est arrêté en passant et a demandé si Jo pouvait venir se promener avec lui. Elle a d'abord dit que non, mais Tatie lui a dit qu'elle devait bien ça à William, lui qui avait fait tout ce chemin pour venir la voir. Alors elle y est allée, mais elle n'a pas été partie bien longtemps. C'est facile à voir que, même si elle fait les yeux doux à William, elle est très inquiète pour Jemma.

Jeudi 14 novembre 1918

Jemma n'était pas à l'abri. Ce soir, Tatie est certaine que le petit rhume qu'elle avait hier est en fait la grippe. Elle est clouée au lit, et Phyllis aussi, nous a-t-on dit. Mais Jemma n'a pas l'air aussi malade que Fanny, alors je suis sûre qu'elle va s'en remettre. Phyllis, qui est toute mince et plutôt pâle, attrape tout le temps des rhumes. Je crois que son cas est plus risqué. Tatie se tient au courant de son état par téléphone.

Théo suit Tatie comme un petit chien de poche, lui disant que Jemma pourrait prendre une tasse de Horlicks, mais c'est lui qui trouve ça vraiment bon. Il va en avoir pour lui, Jane, tu peux me croire. Il trouve toujours le moyen d'embobiner Tatie.

Tatie vient justement d'apporter à Jemma une tasse de Horlicks, et elle ne l'a pas prise. Elle s'est mise à tousser. Théo a bu sa tasse à lui et celle de Jemma.

Oh, Jane! Ce n'est pas toujours si amusant que ça, finalement, d'écrire ce journal. Je ne savais pas que la vie pouvait être tout à la fois si pleine de joie et si pleine d'angoisse et de douleur. Je me sens toute mêlée. Je pensais que, si on était gentille, qu'on allait à l'église et qu'on disait ses prières, Dieu prenait soin de nous. Où est-Il? Est-ce qu'Il me regardait, tandis que je veillais au chevet de Fanny, et est-ce Lui qui l'a sauvée? S'Il l'a fait, alors où est-Il, maintenant que Jemma est si malade?

J'aimerais en discuter avec papa, mais il a l'air absent, ces jours-ci. Tatie dit qu'il est accablé de chagrin. Beaucoup de ses élèves sont morts. C'est un des côtés effrayants de cette grippe : elle ne frappe pas tant ceux qui sont vieux ou affaiblis, mais plutôt ceux qui sont jeunes et en bonne santé. Ça n'a aucun bon sens!

Mais la guerre est finie! Je n'arrête pas de me le répéter. La paix est enfin arrivée. Comme l'a fait Mme Manders, chantons à la gloire de Dieu!

Samedi 16 novembre 1918

Phyllis est morte hier soir. Jemma est au plus mal. Depuis le couloir, on peut l'entendre qui fait tout ce qu'elle peut pour arriver à respirer. Le docteur a envoyé une infirmière pour aider Tatie, tout en lui disant : « En ce moment, elles sont rares comme le loup blanc. Elle a apporté une veste matelassée exprès pour les cas de pneumonie, mais dès qu'elle l'a eue sur le dos, Jemma l'a arrachée et est devenue tellement énervée qu'ils ont laissé tomber. Je n'ai pas le droit d'entrer dans sa chambre, et Jo dort sur le lit pliant dans l'arrière-cuisine.

Tatie est pâle et ne parle à peu près plus du tout. Elle porte son masque à longueur de journée, même si Théo déteste ça. Elle a l'air de quelqu'un qui aurait vu un fantôme.

Jemma a toujours été plus grande et plus forte que Jo, nous répétons-nous continuellement.

Le docteur pense que nous devrions peut-être couper les cheveux de Jemma parce que les microbes de la grippe pourraient s'y cacher. Nous savons tous qu'elle ne voudrait jamais que sa magnifique chevelure soit coupée. On vous coupe les cheveux, quand vous avez la scarlatine. Une de mes amies l'a attrapée et elle est revenue à l'école presque chauve. Mais Tatie a dit d'attendre. Chaque soir depuis qu'elle a mon âge, Jemma les a brossés en comptant cent coups sans rouspéter contre Tatie.

Pourquoi est-ce que je te parle de brossage de cheveux, alors que Phyllis est morte? Je crois que j'essaie simplement de ne plus y penser.

On dirait que Jemma s'est mise à délirer. « Je veux

boire! » crie-t-elle. Puis elle s'étouffe à cause des sécrétions qui obstruent sa gorge endolorie. Tatie nous dit qu'elle demande à avoir de l'eau alors qu'elle vient juste d'en avoir. Tatie dit aussi que Fanny faisait la même chose, avant que je revienne chez nous.

Mme Davis, l'infirmière, n'arrête pas de secouer la tête, l'air découragée. J'aurais préféré qu'elle ne vienne jamais, même si elle donne à Tatie l'occasion de piquer un petit roupillon de temps en temps. Elle n'arrive pas à dormir longtemps, avec Jemma qui est si malade.

Jemma va aller mieux. Il le faut. Sans elle, Jo aurait le cœur brisé, comme moi si Fanny ne m'était pas revenue.

Écoutez-moi bien, Dieu : sauvez notre Jemma. Au nom du Christ, Amen.

Je vais continuer de prier. Mais il doit y avoir tant de prières adressées à Dieu que je ne vois pas comment Il va faire pour s'occuper de la mienne en particulier.

Dimanche 17 novembre 1918

Pas de changement. Jo a quitté la maison pour faire ses tâches de S.O.S., mais elle est revenue aussitôt. Tatie a téléphoné chez les Galt pour leur dire ce qui se passait. Jo est dans la chambre de Tatie, en ce moment. Je suis montée voir si je pouvais me rendre utile, mais elle a dit :

« Laisse-moi tranquille, Fiona. Je préfère être seule. » C'est ce que j'ai fait.

Lundi 18 novembre 1918

Jemma est encore en vie, mais elle est aussi malade que Fanny. Tatie reste dans la chambre auprès d'elle, et le docteur a rappelé son infirmière quand Tatie lui a dit qu'elle préférait ne pas l'avoir avec elle. Quand elle a besoin de quelque chose, je l'apporte sur le pas de la porte. Ils pensent que je suis peut-être immunisée à cause de mon contact avec Fanny, mais personne n'est vraiment sûr.

Oh, Jane! Je ne suis plus capable de te parler de ce qui se passe ces jours-ci.

Mardi 19 novembre 1918

Jemma ne va pas mieux. Même Théo a perdu son sourire, et Hamlet est sage comme une image. Il reste couché, sa grosse tête posée sur ses deux pattes, et il a l'air d'avoir le cœur brisé. Pixie est couchée devant la porte de Tatie et ne veut pas bouger de là.

Jemma va peut-être passer le moment critique cette nuit, comme Fanny. Mais quand je l'ai dit à Tatie, devant sa porte, elle ne m'a pas répondu.

Le docteur a dit à papa qu'il devait se préparer au pire. Il a dit qu'il n'a jamais vu un patient récupérer, une fois son visage devenu noir comme celui de Jemma. Il n'aurait jamais dû prononcer des paroles si épouvantables. Nous ne pouvons pas abandonner tout espoir, pas tant qu'elle reste en vie. Papa a l'air d'avoir vieilli de vingt ans.

Plus tard

Nous sommes tous condamnés à attendre. Toute la maisonnée ne vit que pour la lutte que Jemma mène pour arriver à respirer. Mais il ne faut pas perdre espoir. Je me suis approchée en catimini et j'ai passé la tête dans l'embrasure de la porte. Je n'aurais pas dû. Celle que j'ai vue n'était pas Jemma. Jemma est partie.

Je suis incapable de l'écrire.

Il faut continuer de prier, tant qu'elle respire encore. C'est ce que le docteur Musgrave a dit à papa. Mais sa voix laissait entendre qu'il n'y avait plus d'espoir.

Mercredi 20 novembre 1918

Ma sœur Jemma est morte. C'est arrivé juste avant l'aube. Hamlet s'était mis à hurler d'une façon bizarre, et Tatie nous a dit de venir.

Au moins, nous n'avons pas coupé ses beaux cheveux.

Je ne me sens pas capable d'en parler par écrit. Pourtant, je ne peux pas garder en moi un si grand chagrin.

Jeudi 21 novembre 1918

Je ne sais pas comment Jo fait pour supporter ça. Leur chambre est déjà toute nettoyée, même si ça ne fait même pas deux jours. J'ai demandé à Tatie pourquoi, et elle a dit que nous devons éliminer toute trace de contagion dans la maison.

Elle a raison, c'est évident. Il ne faut pas mettre la vie de Théo en danger, ni celle de Tatie, d'ailleurs. Elle a été surexposée à cette maladie et elle a l'air épuisée. Je suis terrifiée à l'idée qu'il pourrait lui arriver malheur.

Je crois que je vais dire à papa de l'envoyer s'étendre. Elle ne me prête pas attention, mais elle devrait l'écouter, lui.

Plus tard

Jo est seule dans leur chambre. Quand j'écoute à la porte, je n'entends qu'un profond silence.

Jo s'est enfermée là et, quand nous frappons à la porte, elle ne répond pas ou, si nous insistons, elle nous demande de la laisser tranquille. C'est ce que j'ai fait, mais j'avais tellement de peine pour elle! Puis Théo s'est présenté devant la porte, il l'a ouverte et il est entré. Je l'attendais, mais il n'est pas ressorti. Ensuite j'ai entendu Jo qui se mettait à pleurer, et Théo qui lui disait :

« Ne pleure pas, Jo. Tatie dit que Jemma est bien, là où elle est maintenant. » Sa petite voix d'enfant était claire et nette, pesant chacun de ses mots. Je me suis retournée, pleurant moi aussi, Jane, et j'ai aperçu Tatie assise sur la dernière marche de l'escalier, le dos appuyé contre le mur, les yeux fermés et les joues ruisselantes de larmes. Je suis allée la rejoindre, nous nous sommes serrées l'une contre l'autre, et ça nous a réconfortées. Papa lui a effectivement dit d'aller se reposer. Je l'ai aidé à se relever de sa marche d'escalier et je l'ai conduite jusqu'à son lit. En ce moment, on n'entend pas un bruit dans sa chambre. Elle s'est effondrée dans son lit et n'a pas bougé depuis deux heures.

La dépouille de Jemma a été emportée, bien entendu. Les funérailles auront lieu demain. Ils ont dit que c'était la quatrième jeune personne à mourir depuis vingt-quatre heures.

Caro et William se sont présentés à notre porte, mais Jo n'a pas voulu descendre.

À l'heure du coucher

Jane, pourquoi Fanny a-t-elle été sauvée, et pas Jemma? Je me dis que je devrais le savoir et, la minute d'après, que je ne le saurai jamais. Comment faire pour savoir? Est-ce que c'est parce que Fanny était plus forte? Elle venait de prendre un congé, c'est vrai, alors que Jemma

Pauvre, pauvre Jo!

Je me demande si Caro se fait le même genre de réflexions que moi. C'est vrai : son grand frère a été tué, mais William a été renvoyé chez lui. Est-ce qu'elle se demande pourquoi c'est William qui a été épargné?

Vendredi 22 novembre 1918

À cause de la grippe, il n'y a pas eu de visites avant les funérailles. Ce matin, nous sommes restés tranquillement à la maison. Les garçons qui vont à l'école du dimanche de papa vont porter le cercueil, même si Jemma avait la grippe. À l'heure qu'il est, Charles est malade et Barclay a été envoyé dans la ferme de ses grands-parents jusqu'à ce que tout danger soit écarté.

Ce matin, j'étais assise au salon avec le reste de la famille et je me suis rappelé les vers du poème que je suis en train d'apprendre :

Le crépuscule est là - j'entends du soir la cloche,
Les ténèbres profondes touchent le firmament.
Que nos adieux soient doux; il faudrait une torche
Au moment du départ, à notre embarquement.

Tout ce qui me venait à l'esprit, c'est que tous les cœurs de cette maison sont remplis d'un immense chagrin. Dans le poème, ce mot doux semble porteur de paix et de beauté. Le poème doit avoir été écrit par quelqu'un de bien vieux. Les ténèbres profondes touchent le firmament évoquent une si grande solitude. Ces mots me font peur.

Je sais que la mort n'est pas comme ça, Jane : jolie et pleine de poésie. Jemma a tellement souffert! Elle ne pouvait plus respirer.

Après les funérailles

Les funérailles de Jemma sont terminées, Jane, et je veux t'en parler, car elle aurait dû devenir ta tante. Je veux aussi me souvenir de tout, pour moi. Malgré la grippe, il y avait beaucoup de monde à l'église. Mamie et Papi sont venus. Un voisin les a conduits jusqu'ici en voiture.

Tatie a été très forte durant la messe, puis nous avons entonné le cantique préféré de Jemma. Quand nous avons été rendus à La nuit nous enveloppe de son grand manteau noir, et je suis loin des miens, Tatie s'est mise à pleurer à gros sanglots. Jo se dirigeait vers elle quand papa l'a entourée de son bras et l'a serrée très fort contre lui.

« Tiens bon, Rose, a-t-il dit, de sa voix qu'il utilise pour me rassurer pendant les gros orages. Tiens bon, mon tendre cœur. »

J'étais tellement contente d'avoir entendu ça! Jemma aussi aurait été contente. J'ai tendu la main pour prendre celle de Jo, et toutes les deux, nous sommes restées les mains serrées très fort jusqu'au moment où il a fallu se rasseoir. Le cantique de Jemma ne se termine pas dans la noirceur, mais avec des anges qui sourient. À cette phrase du cantique, j'ai soudain eu la certitude que, où que se trouve Jemma maintenant, maman est avec elle. Je me suis mise à pleurer encore plus fort, mais ces larmes-là ne me faisaient pas aussi mal.

Je dois descendre, Jane. Les gens arrivent. J'ai réussi à me cacher quelques minutes avant leur arrivée, mais je ne peux pas rester ici éternellement.

Enfermée dans ma chambre pour cause d'insolence

Jane, je vais tout te raconter par écrit, pas seulement parce que je veux en garder le souvenir, mais aussi parce que je veux soulager ma conscience. La vérité, c'est que je devrais avoir honte, mais que je ne me sens même pas un tout petit peu désolée. Non mais! Qu'est-ce que c'est que ces manières?

Quand nous avons eu terminé le cantique, j'ai tourné la tête et j'ai aperçu Mlle Trimmer au fond de l'église. Elle était tout en noir, comme un corbeau, avec même un voile noir, si bien qu'on ne pouvait pas bien la voir, et elle tenait un mouchoir bordé de noir contre sa joue.

J'avais envie de courir jusqu'au fond et de la pousser dehors. De quel droit venait-elle là nous regarder souffrir?

De retour à la maison, je me suis cachée, comme je te l'ai dit, mais ensuite je suis descendue, et nos amis et nos voisins sont venus chez nous pour partager notre chagrin. Tante Jessica et Mamie se sont chargées de servir de quoi manger, et Grand-mère servait le thé dans son service à thé en argent. Au début, Jo est restée dans la cuisine, à disposer les choses dans les assiettes. Puis, tout d'un coup, elle a tourné les talons et est montée à l'étage en courant.

Tatie l'a vue partir et est allée la rejoindre.

Avant que je te dise la suite, je veux te raconter une chose qui m'a étonnée. Les gens se racontaient des anecdotes, principalement à propos de Jemma et de Jo quand elles étaient petites et faisaient toutes sortes d'espiègleries, et ils riaient! Je ne m'étais jamais rendu compte jusque-là que ça fait du bien de rire quand on est trop triste. C'est comme si les rires et les larmes venaient du même réservoir caché tout au fond de soi et que, quand on va en puiser une sorte, l'autre vient automatiquement avec. Les rires et les larmes sont comme des jumeaux!

Je réfléchissais à ça et je me sentais seule, alors je suis partie à la recherche de papa. J'étais debout à côté de lui quand Mlle Trimmer est arrivée, tout empressée, et a dit tout bas :

« David, mon pauvre chéri, sache que, dans ta détresse, mon cœur est avec toi ».

Je me suis dit que j'avais peut-être été trop dure envers elle quand, soudain, elle s'est agrippée à son bras et a ajouté :

« J'étais vraiment surprise que Rose ait permis à ta pauvre petite Jemima d'aller rejoindre tous ces gens dehors. J'ai l'impression qu'elle n'arrivera jamais à se le pardonner ».

Papa s'est raidi et s'est libéré le bras.

« Rose! a-t-il appelé. Fiona, où est...? »

« En haut », ai-je dit.

Il s'est retourné et a grimpé les escaliers quatre à quatre.

Mlle Trimmer avait relevé son voile; elle est devenue rouge comme une tomate. Elle l'a fusillé du regard avant de se rappeler de rabattre son voile. Elle a tiré dessus tellement fort qu'il pendouillait d'un côté et qu'elle n'arrivait pas à le remettre en place.

Et j'ai ri. Je sais, Jane, ce n'est pas bien. Mais je n'ai pas pu m'en empêcher. Parfois, les rires nous sortent de la bouche sans qu'on l'ait voulu.

« Ne te moque pas de moi, ma fille! a-t-elle dit d'un ton pincé. Ton incomparable tante ne t'a donc pas appris les bonnes manières? »

J'étais furieuse, Jane. Je cherchais quoi répondre.

« Oui, elle m'a appris que les remarques désobligeantes sont toujours de très mauvais goût », lui ai-je lancé à la figure.

Je m'éloignais, le nez en l'air, quand je l'ai entendue dire tout bas :

« Oh! Mais quelle arrogance! Les bons enseignements de Rose, à n'en pas douter ».

C'était comme si elle avait retiré un bouchon de liège de quelque part sur mon corps et que le diable s'était mis à en sortir. J'étais tellement blessée! Je me suis retournée, et un interminable chapelet de méchancetés m'est sorti de la bouche : « Pourquoi êtes-vous venue? Vous n'êtes même pas une parente. Personne ne voulait vous voir ici », ai-je crié. Mais, comme j'avais la gorge serrée et endolorie à force de pleurer, mon cri n'est pas sorti aussi fort que je l'aurais voulu, et c'est bien dommage.

Grand-mère m'a entendue, évidemment. Je te jure qu'elle n'est pas sourde pour deux sous. « Fiona Rose Macgregor, monte dans ta chambre tout de suite, m'a-t-elle ordonné. Ton père va en entendre parler. »

J'ai couru jusque dans ma chambre. Je me suis fait la promesse de ne plus me faire prendre à pleurer, alors je te le raconte par écrit, dans l'espoir de calmer un peu ma rage.

À l'heure du coucher

J'étais certaine d'avoir fait honte à toute la famille, mais Fanny est montée et m'a dit que tout le monde était parti. Elle a dit aussi qu'à peu près personne n'a remarqué ce qui s'était passé parce que Théo a choisi ce moment précis pour faire une entrée en grande pompe avec le « Prince de Danemark ». Quel sens de l'à-propos il peut avoir, ce cher ange!

Tandis que les gens se laissaient distraire par Hamlet, le cajolant ou s'en écartant avec frayeur, Mlle Trimmer est partie, l'air totalement vexée. C'est Fanny qui l'a dit; pas moi.

« Je ne sais pas ce que tu lui as dit, mais elle était dans tous ses états », a dit ma sœur, avec une immense satisfaction. Puis elle s'est assise à côté de moi, prête à entendre toute l'histoire.

Mais, Jane, à quoi bon s'occuper de cette femme alors que Jemma n'est plus là pour en rire avec nous? Fanny et moi, nous sommes restées assises à parler doucement jusqu'à ce que je m'aperçoive qu'elle était très fatiguée. Je l'ai obligée à se mettre au lit, et nous ne sommes pas redescendues, ni elle ni moi.

Plus tard, Tatie est arrivée sur la pointe des pieds et elle nous a embrassées l'une, puis l'autre, nous croyant endormies. Ensuite, elle s'est redressée et est restée, les yeux baissés, à nous regarder pendant un long moment avant de ressortir sans faire de bruit. Je l'ai regardée entre mes cils. Quand elle a été partie, j'ai essayé de dormir. Mais je n'arrivais pas à chasser toutes les pensées qui tournaient dans ma tête. Alors j'ai décidé de les partager avec toi. Comme d'habitude, tu as réussi à me remettre d'aplomb.

Je viens de bâiller, alors je vais m'arrêter. Bonne nuit, Jane.

Samedi 23 novembre 1918

Tout semble gris et vide. La pluie a fait tomber les dernières feuilles d'automne, et les arbres ont l'air aussi attristés que nous. Je n'arrive pas à m'imaginer comment nous allons faire pour continuer. Nous ne sommes plus la même famille. C'est comme ces soldats que nous avons vus à l'hôpital, avec leurs jambes amputées. Ils avaient l'air perdus tout autant que nous. L'un d'eux a dit qu'il devait se compter chanceux, mais qu'il ne se sentait plus le même avec sa jambe manquante. Sur le coup, je n'avais pas tout à fait compris. Maintenant, je crois que je saisis mieux ce qu'il ressentait. Sans Jemma, nous ne sommes plus la famille Macgregor que je t'ai présentée quand j'ai commencé ce journal. Nous sommes devenus un groupe de personnes différentes.

Ce matin, Théo m'a demandé où Jemma était partie. Je ne savais pas quoi lui répondre. Puis les mots me sont sortis de la bouche, comme venus de quelque part tout au fond de moi.

« Jemma est partie rejoindre maman. Maman s'occupe d'elle, maintenant. »

Il m'a embrassée, ce qui lui arrive rarement ces temps-ci, et il s'est sauvé. Tatie m'a dit, tout doucement :

« Bien dit, Fiona. Et je crois que c'est la vérité. »

Je ne savais pas qu'elle était dans la chambre, mais je suis contente qu'elle ait entendu, parce que je n'étais pas trop sûre de ce que je disais. Nous nous sommes serrées l'une contre l'autre, et ce geste m'a soulagée de mon immense chagrin. Pendant quelques instants, la vie m'a semblé comme d'habitude. Je n'arrive pas à l'expliquer, Jane. Malheureusement, ça n'a pas duré. Mais quand je me le rappelle, j'arrive à espérer qu'un jour viendra où les choses reviendront à la normale.

Est-ce que, quand je pense à ce jour, je me montre infidèle à la mémoire de Jemma?

Dimanche 24 novembre 1918

Mlle Trimmer a emmené Grand-mère à l'église. Le reste de la famille est resté à la maison. Grand-mère a dit qu'elle nous représenterait pour recevoir les condoléances de tout le monde. Tatie a fait une grimace dans son dos, puis elle est retournée en haut.

Jane, je dois te dire que la mort de Jemma a donné un coup de vieux à Grand-mère. D'habitude, elle marchait d'un pas décidé. Maintenant, son pas est chancelant. Elle se rattrape en s'appuyant à un dossier de chaise. C'est donc que ça l'affecte.

J'ai essayé de lire, mais je me suis retrouvée à lire et relire toujours la même page, comme si les mots n'entraient pas dans ma tête.

Nous avons besoin de Jemma, pour qu'elle nous secoue

les puces un peu. Surtout Jo, même si elle se tient occupée en allant soigner les malades. Je crois que Caro l'aide beaucoup. Elle a le nez fin. Je me rappelle comme j'étais contente qu'elle soit avec moi dans le tramway, le jour où je suis revenue chez nous pour Fanny. William aussi vient de temps à autre, ce qui fait du bien. Mais Jo reste enfermée dans sa peine. On dirait que Jemma détenait à elle seule la clé de leur bonheur à toutes les deux, et Jo ne sait plus comment faire sans elle. Je sais ce que je dis parce que je le ressens, moi aussi.

Lundi 25 novembre 1918

L'école devait recommencer le jour de l'Armistice, mais ils ont reporté ça d'une journée. Nous voulions y retourner aujourd'hui, mais c'est impossible. Même si nous nous sentons prêtes intérieurement, nous aurions mis les autres mal à l'aise, j'en suis sûre. J'ai déjà moi-même ressenti ça. On ne sait plus ni quoi dire, ni où regarder. C'était une fois où je faisais faire le tour du pâté de maisons à Hamlet et qu'on m'a arrêtée deux fois : on aurait dit que le chat m'avait coupé la langue.

J'ai demandé à Tatie ce qu'il faut dire quand quelqu'un vous dit qu'il est désolé que votre sœur soit morte. Pauvre Tatie! Elle est toute pâle et amaigrie. L'ombre d'elle-même! Je ne pense pas avoir déjà utilisé cette expression, mais ça décrit bien Tatie. Elle a soupiré, puis m'a dit en souriant :

« Dis simplement merci, puis parle-leur d'autre chose. Mais, Fiona, tu auras toi-même à adresser tes condoléances à d'autres, dans les jours qui viennent. Nous sommes loin d'être la seule famille endeuillée, parmi nos connaissances. Tu ferais mieux de réfléchir à ce que tu leur diras. »

J'étais horrifiée. Mais elle a raison. Je réfléchis. Ce sera très dur d'en parler, mais je vais essayer.

Mardi 26 novembre 1918, le soir

Même la nourriture est fade et insipide, ces jours-ci.

Tous les jours, le courrier nous amène des lettres et des cartes de condoléances de la part de tout le monde. Au moment même où on sent que les choses s'arrangent, il faut lire celles qui viennent d'arriver. Certains disent des horreurs. Par exemple : « Dieu, plus que vous, avait besoin de votre enfant et Il l'a ramenée auprès de Lui ».

J'ai eu envie de cracher sur cette phrase. Je cracherais sur Dieu, si je croyais qu'Il pense vraiment que nous n'avons pas besoin de Jemma. Nous avons terriblement besoin d'elle!

Mercredi 27 novembre 1918

Théo est en train d'engloutir un bol de céréales avant d'aller jouer dehors. Il essaie de composer un petit poème. Il y a un concours, et le prix est en argent comptant. Tout ce qu'il a trouvé jusqu'ici, c'est :

Un bol de céréales,
C'est idéal.

Je devrais peut-être l'aider. Voyons voir : animal, banal, canal, Dorval, égal, fanal, galle, halle, idéal…

Un bol de céréales,
C'est idéal.

Ça remonte le moral,
De Toronto à Montréal.

Je vais y repenser.

Il y a encore quelques décès dus à la grippe, mais beaucoup moins maintenant. Les gens parlent des soldats qui vont bientôt rentrer. Certaines familles prévoient de grandes réjouissances. Mais bien d'autres n'ont pas le cœur à la fête. Peut-être ne l'aurons-nous plus jamais.

Caro est venue nous voir hier. Elle nous a regardés et nous a promis d'emmener bientôt William et ses deux sœurs pour une bonne partie de *Pounce*. Je me réjouis à cette idée.

Je me demande si William se rappelle les terribles événements dont il a été témoin dans les Flandres. Un jour, Caro a dit qu'il faisait des cauchemars. Leurs chambres sont voisines, et elle peut l'entendre se lever et marcher de long en large, quand il ne peut pas dormir.

À l'heure du coucher

Ils sont venus, et nous avons joué à *Pounce*. Papa a gagné! Incroyable!

« Votre père est plein de secrets dont vous n'avez aucune idée, vous, les jeunes », a dit Tatie, d'un ton taquin. Pour la première fois depuis la mort de Jemma, elle avait retrouvé son regard pétillant.

Jo semble s'être remise un peu. Elle essayait de ne pas regarder William tout le temps, mais elle n'arrive pas à s'en empêcher. Du moins, c'est ce que je crois.

Jeudi 28 novembre 1918

Mme Manders m'a invitée à venir choisir des livres dans sa bibliothèque. Nous la connaissons à peine, même si elle habite tout près, et je n'avais pas la moindre idée qu'elle avait des tonnes de livres chez elle, dans sa bibliothèque. Elle appelle cette pièce le « salon de lecture ».

Je lui suis tellement reconnaissante et je suis si contente d'avoir de nouvelles histoires à lire! Elle a des livres pour enfants et beaucoup d'autres. J'ai rapporté *Rose et ses sept cousins*, de Louisa May Alcott. Je l'ai déjà lu, même si nous ne l'avons pas chez nous. Je lui ai aussi emprunté un autre livre dont je n'avais jamais entendu parler. Je le tenais dans mes mains, et Mme Manders l'a regardé en disant :

« Fais bien attention que ta grand-mère ne te surprenne pas en train de lire ce livre-là. »

Je crois que je vais commencer par celui-là.

Faith Fielding, une amie de Jemma, était là. Je ne savais pas qu'elle était la petite-fille de Mme Manders. Elle a dit que la lecture l'a aidée à traverser des moments difficiles. Quand je suis rentrée, je me suis rappelé que son frère s'était noyé, il y a quelques années.

Au moment où j'allais partir, elle m'a pris la main et m'a dit, tout d'une traite : « Quand Jemma est morte, j'ai eu l'impression que le soleil venait de s'éteindre. Il s'est remis à briller maintenant, mais il est moins chaud et moins étincelant qu'avant. Tu ne trouves pas, Fiona? »

Je me suis contentée de secouer la tête. Je n'arrive pas à me décider d'en parler à Jo. Je crois que je vais attendre. Je sais, pour avoir failli perdre Fanny, qu'elle se sent comme si elle avait perdu la moitié d'elle-même et qu'elle sentira toute sa vie qu'il lui manque une partie d'elle-même. Je veux lui dire que je la comprends mais, même si je l'aime énormément, je ne suis pas tout à fait prête à lui en parler.

Vendredi 29 novembre 1918

Ce soir, je ne veux même pas écrire un seul mot. J'aurais envie de lancer ce carnet contre le mur. Non, je ne le ferai pas, Jane. Promis! On dirait que tout ce que nous faisons n'a plus aucun sens. Je n'arrivais même pas à me concentrer sur le livre que Grand-mère ne veut pas que je lise.

Samedi 30 novembre 1918

Aujourd'hui, j'ai croisé Jo dans l'escalier. Je l'ai attrapée par le bras, puis je l'ai serrée contre mon cœur.

« Je sais ce que c'est, enfin un peu, parce que j'ai failli perdre Fanny… »

Je me suis arrêtée là et elle m'a serrée dans ses bras.

« C'est bien ce que je pensais. Tu es bien la seule », a-t-elle dit.

Puis elle est repartie en haut, et moi en bas, et je crois que nous nous sommes senties mieux toutes les deux. En tout cas, un peu.

Dimanche 1er décembre 1918

Nous sommes en décembre, et voilà Noël qui approche, mais tout le monde chez nous semble vidé de toute sa joie. Même Hamlet et Pixie sont encore tristes. Et Théo a l'air d'un petit fantôme blafard.

Jemma n'avait pas son pareil pour chanter des cantiques de Noël tout en faisant des tâches ménagères. Elle connaissait tous les couplets. Et elle changeait de voix pour la chanson du bon roi Wenceslas, à vous en faire trembler pour le pauvre garçon qui était son page.

Même si c'est très dur, nous devons nous y mettre à deux, Fanny et moi, pour trouver le moyen de rendre ce Noël gai pour Théo. Il est si petit! Il a manqué l'Halloween. En plus, le jour de l'Action de grâce n'a pas été fameux parce que nous sommes parties ce jour-là, et Théo est resté tout seul chez nous avec papa, Tatie et Grand-mère. Il ne faudrait pas le priver de son Noël aussi.

Lundi 2 décembre 1918

Aujourd'hui, nous sommes retournées à l'école. Fanny et moi, nous sommes restées tout le temps ensemble, collées comme deux pots de colle, et nous avons détalé comme des lapins quand il a été l'heure de rentrer chez nous. À part M. Briggs, presque personne ne nous a adressé la parole et, exactement comme je le craignais, tout le monde détournait les yeux. Mais nous ne sommes pas les seules. Il va falloir que je découvre qui d'autre est mort. Des élèves manquent, mais c'est peut-être parce qu'ils sont malades ou qu'ils ont été envoyés à l'extérieur, comme nous.

Hier soir, j'ai attendu que Théo se soit endormi, puis j'ai demandé à la famille de se réunir. Je leur ai expliqué que je réfléchissais à Noël. J'ai dit que je savais que nous n'avions pas très envie de fêter, mais que Théo avait seulement cinq ans.

Pour commencer, personne n'a dit un mot. Puis papa a applaudi et m'a souri. « Quelle bonne grande sœur tu fais, Fiona, a-t-il dit. Tu as vraiment l'esprit positif. Dis-nous ce que nous devons faire et nous allons tous t'aider. »

Je leur ai jeté un regard circulaire, et tous, même Jo, affichaient un grand sourire, Jane. Alors nous nous sommes promis d'organiser quelque chose.

Mardi 3 décembre 1918

C'était plus facile de dire que nous allions organiser quelque chose que de trouver de bonnes idées. J'ai beau me creuser la tête, rien ne me vient à l'esprit. Il faut dire que Théo a déjà un chien, une compagnie de petits soldats et des paquets de livres. Je vais y réfléchir encore.

Fanny et moi, nous sommes allées ensemble acheter pour Tatie de nouveaux gants en cuir à soixante-dix-neuf cents. Heureusement, ce n'est pas trop cher, car nous voulons trouver quelque chose de splendide pour Théo et nous n'avons pas beaucoup d'argent à mettre.

Est-ce que Théo aimerait avoir un poisson rouge, Jane? Il a déjà Hamlet.

Est-ce que Tatie sera fâchée?

Pas si ça fait plaisir à Théo!

Mercredi 4 décembre 1918

Aujourd'hui, Tatie a fait les traditionnels poudings de Noël. Elle avait mis de côté les ingrédients nécessaires, et Mamie lui a envoyé des choses de la ferme. La bonne odeur des Fêtes flotte dans toute la maison. Les yeux de

Théo commencent à briller.

Fanny trouve qu'un poisson rouge, ce serait parfait. Nous n'en avons pas encore parlé à Tatie.

Plus tard

Papa a sorti la boîte d'histoires de Noël qu'il a collectionnées, et ce soir il a commencé la lecture d'*Un chant de Noël*, de Charles Dickens. J'étais censée étudier, mais je ne suis pas arrivée à me convaincre de quitter la pièce. Nous pensions que Théo allait s'endormir et que nous arrêterions à ce moment-là, mais nous nous sommes rendus jusqu'au moment où le dernier fantôme se dirige vers Scrooge. Théo était réveillé comme en plein jour et avait les yeux ronds comme des billes!

« Ce n'est pas une histoire à lire à un petit garçon qui s'en va se coucher », a dit papa. Mais il a promis de continuer demain.

Jeudi 5 décembre 1918

C'est l'heure d'aller dormir, et je suis presque trop fatiguée pour écrire, même à toi, Jane. Nous avons tellement de devoirs, à cause de tout le temps que nous avons manqué!

Papa insiste pour que nous rattrapions tous ces retards. Je suis pas mal sûre que les autres pères n'obligent pas leurs fils ou leurs filles à travailler si fort, mais il n'y a pas moyen d'en discuter avec le nôtre. Je me sens dépassée en mathématiques et en géographie, et je n'aime pas ça. Papa dit que la géographie est une matière formidable et il m'a fait lire *Cargoes*, de John Masefield. C'est un long poème à propos des cargos qui naviguent partout à travers le monde. Ça NE m'a PAS fait aimer la géographie. L'auteur de notre manuel de géographie n'a pas une goutte de sens poétique dans le sang. Ses mots s'alignent péniblement dans la page : frontières, chronologie, récoltes, industries, grandes villes, mers, rivières et lacs. Il ne dit jamais rien d'intéressant. Je crois que papa devrait essayer d'écrire un bon manuel de géographie parce que, quand il parle des montagnes au Tibet, des cathédrales en Europe ou des steppes en Russie, il vous donne envie d'aller les voir tout de suite. Je me demande s'il accepterait de considérer la chose.

Vendredi 6 décembre 1918

Papa dit qu'il a trouvé le cadeau idéal pour Théo, mais il refuse de nous dire ce que c'est. Il veut nous en faire la surprise à tous.

Nous avons terminé le livre de Dickens, et pour demain papa a promis de lire un conte de Henry Van Dyke.

Samedi 7 décembre 1918

Grand-mère avait invité un groupe de dames de son cercle des chrétiennes pour la promotion de la tempérance, dont Mlle Dulcinée Trimmer, alors Fanny et moi avons emmené Théo faire des glissades. Nous sommes restés dehors tout l'après-midi et nous sommes rentrés avec les dents qui claquaient et le nez tout rouge. Tatie nous a fait du chocolat chaud, et nous nous sommes couchés de bonne heure. Nous n'avons même pas eu la chance d'aller faire des politesses à Mlle D. T.

Mais quand elle a été partie, nous sommes redescendus, en pyjamas et chemises de nuit pour écouter notre histoire de Noël.

Lundi 9 décembre 1918

Je suis désolée, Jane. Je sais que j'ai sauté hier. Nous avons recommencé à aller à l'église, mais sans nous y attarder à la fin de l'office. Puis, dans l'après-midi, il y a l'école du dimanche, et nous répétons le spectacle de Noël. Ensuite, c'est le soir, et nous devons écouter notre histoire de Noël. Papa dit que ceux qui n'étudient pas n'ont pas droit aux histoires de Noël. Je ne pense pas qu'il nous en ferait vraiment manquer une, mais j'aime autant ne pas tenter le diable.

Hier soir, il a lu le conte *Why the Chimes Rang*, de Raymond Macdonald Alden.

J'ai bien vu que Théo se prenait pour le petit garçon de l'histoire.

Le reste de la journée a été occupé à faire des travaux pour Tatie et à empêcher que Théo soit dans ses jambes.

Il y a des moments où j'ai besoin de me retrouver seule et de penser à Jemma. Sinon j'aurais l'impression d'oublier qu'elle prenait toute une place dans notre famille.

Mardi 10 décembre 1918

Ce soir, je fais lire à papa une histoire de Noël que j'ai choisie. Je sais qu'il trouve ce texte de Kate Douglas Wiggin affreusement sentimental, mais je m'en fiche. C'est *The Birds' Christmas Carol.* L'as-tu déjà lu, Jane? Carol Bird est une petite fille malade et elle meurt à la fin, mais j'aime bien cette histoire quand même. Et il y a des passages amusants. Théo va les aimer. Même que papa élève la voix quand les anges arrivent.

Mercredi 11 décembre 1918

J'allais commencer à étudier quand papa nous a tous rassemblés, sauf Tatie, et nous a emmenés chez le photographe pour qu'il fasse un portrait de nous. Personne ne lui a demandé pourquoi parce que nous avons tous deviné. Nous n'avons plus aucune photo de nous tous ensemble depuis que nous sommes tout petits. Il nous a demandé de ne pas dire où nous étions allés. Théo a promis. Il est plutôt doué pour garder les secrets.

Est-ce que papa veut donner cette photo en cadeau de Noël à Tatie? Il avait un drôle de regard quand le photographe nous a mis en place et qu'il nous a examinés un par un.

« Vous avez de beaux enfants, M. Macgregor », a dit l'homme.

« Ils ne sont pas mal », a dit papa. Mais il a dû s'éclaircir la voix avant de parler.

Fanny dit qu'elle a vu papa refouler quelques larmes. Je sais ce qu'il ressentait.

Jeudi 12 décembre 1918

Je ne suis pas d'humeur à écrire ce journal. Ce soir, je déteste tout le monde. Je me suis chamaillée avec Fanny, et Tatie m'a fait la leçon parce que je ne pense qu'à moi. Tu as de la chance, Jane, que je ne t'en dise pas plus.

Vendredi 13 décembre 1918

C'est réglé, Jane. J'ai fait la paix avec tout le monde. Noël approche, et l'oie est grasse à souhait.

Je ne vais pas dire par écrit ce que Fanny et moi avons décidé d'offrir à Théo, au cas où il tomberait par hasard sur ces mots. Mais c'est un cadeau extraordinaire. Oh! J'en ai déjà dit trop, mais ce n'est pas grave.

Ce soir, nous avons commencé la partie sur Noël dans le livre *Les aventures de Monsieur Pickwick*, de Charles Dickens. Jemma adorait cette partie. Je l'entends encore rire quand ils essaient de patiner.

Samedi 14 décembre 1918

Mal de tête.

Incapable d'écrire.

Dimanche 15 décembre 1918

Le groupe de notre école du dimanche se réunit encore une fois et, pour le spectacle de Noël, nous préparons une mise en scène du dîner de la famille Cratchit, décrit dans le *Chant de Noël*, de Charles Dickens. Tatie s'inquiète que nous y allions, mais papa dit que, d'après lui, il n'y a plus de danger.

J'espère que Mlle Banks est aussi bonne lectrice que papa. Je joue le rôle de Martha, qui se cache derrière la porte quand le père rentre à la maison. Ethel Maynard, de la classe de Jo, fait Mme Cratchit. Ils ont déménagé d'Angleterre au Canada il y a deux ans, alors elle parle encore avec un accent britannique parfait et c'est aussi une bonne actrice. Mlle Banks avait prévu nous faire jouer une pièce tirée de *La petite fille aux allumettes*, un conte d'Andersen, mais nous lui avons dit que nous ne voulions pas parce que c'est beaucoup trop triste. Le petit Tim, c'est déjà bien assez.

Jeudi 19 décembre 1918

Ce soir, nous avons eu une longue discussion à propos de l'arbre de Noël que nous devrions avoir. J'espère que la décision finale correspondra à mon choix. Je veux que ce soit un pin. Ça ne pique pas et ça sent très bon. Les autres semblaient écouter, mais on ne peut jamais être totalement sûre. Tatie est convaincue qu'un arbre de Noël doit nécessairement être un sapin.

Vendredi 20 décembre 1918

Papa, Fanny, Théo et moi, nous sommes allés chercher un arbre de Noël à la campagne. Théo l'a choisi : une épinette bien piquante! Nous l'avons installée, avec beaucoup de difficulté, dans une cuve, avec des briques pour la caler et de la terre tout autour. Nous étions très contents, et Théo s'est mis danser tout autour en chantant *Vive le vent*. Hamlet a alors eu l'idée de se mettre à caracoler... et l'arbre est tombé. J'espère que c'est la première et la dernière fois. Jane, tu aurais dû voir le dégât! L'arbre est tombé sur le piano en faisant un tel vacarme qu'Hamlet a reculé de frayeur et a buté contre la petite vitrine qui contient des bibelots.

Les bibelots les moins précieux ont survécu. La petite bergère en porcelaine Royal Doulton, qui trônait sur le dessus, ne gardera plus jamais les moutons. Théo s'est mis à hurler, et son chien aussi.

« Il ne l'a pas fait exprès », n'arrêtait-il pas de crier.

Demain, nous allons chercher un autre arbre. Il le faut, sinon Théo va passer tout son Noël à consoler Hamlet qui, selon lui, a le cœur brisé.

Je pense qu'il s'est effectivement fait un peu mal. Il essaie tout le temps de se cacher, mais il n'arrive pas à trouver un endroit assez grand.

J'aimerais ça, ne plus penser à Jemma qui en aurait bien ri. Je ne l'ai dit à personne, mais je crois que les autres pensent comme moi.

Lundi 23 décembre 1918

Le nouvel arbre est installé et tout décoré. Nous l'avons placé dans un coin, entouré de chaises. Je dois aller chanter des cantiques de Noël.

Mardi 24 décembre 1918

Je ne t'ai pas dit que l'autre arbre de Noël est un pin! Devine qui l'a choisi! J'ai dit à Théo qu'Hamlet aurait moins mal s'il tombait dessus, et il a failli se remettre à pleurer. Je ne voulais pas réveiller ce souvenir douloureux, pourtant!

Les bas de Noël sont accrochés, et Théo fait de son mieux pour aller se coucher dans l'espoir que le matin finisse par arriver. Je me rappelle que je faisais la même chose à son âge. Il a mis des pommes et des carottes à manger pour les rennes. Il dit que tout le monde laisse une collation au Père Noël et qu'il est sûr que les rennes crèvent de faim. Le Père Noël a un bon manteau bien chaud, un chapeau et des bottes, lui!

J'ai vraiment un drôle de petit frère!

Quand Jemma avait dix ans, elle est descendue en cachette et elle a mangé les biscuits que Tatie avait laissés pour le Père Noël. Quelle histoire, quand elle s'est fait pincer!

Joyeuse veille de Noël, Jane!

Mercredi 25 décembre 1918

L'après-midi du jour de Noël

Nous avons eu notre Noël. Tout le monde savait que c'était important. Il n'y a pas très longtemps, nous avons découvert que le petit Théodore David Macgregor avait appris à lire tout seul. Papa lui a donc donné une petite encyclopédie en plusieurs volumes, qu'il avait dans ses étagères et que Théo pourra garder dans sa chambre. Ces livres sont magnifiques, et Théo les adore. Moi aussi. C'est plein d'illustrations en couleurs de papillons et d'oiseaux. Exactement ce qu'il aime le plus!

Jo et Tatie lui ont acheté un globe terrestre sur pied. Il tourne sur lui-même, et Théo adore ça aussi.

Fanny et moi, nous lui avons donné son plus beau cadeau. Nous avons acheté deux poissons rouges, avec un grand bocal et des billes de verre et de petites pierres colorées qu'on met au fond. Nous en étions là quand Tatie est revenue à la maison avec un château de porcelaine à mettre dedans. Il y a une arche sous laquelle peuvent passer les poissons, et elle a trouvé trois belles billes transparentes, dans de magnifiques tons de bleu et de vert.

Théo était si content qu'il est resté sans voix, quand il a eu tout déballé. Il a fait des gros câlins à tout le monde, même à Hamlet.

Grand-mère est allée à toutes sortes de fêtes et de réunions, alors elle n'était pas vraiment au courant de nos plans pour Théo. Quand elle a vu tous ses cadeaux, elle est montée à l'étage et est revenue avec une broche en corail qui est trop grosse et trop lourde à porter sur une robe. Elle avait réussi à enlever le fermoir en métal qui se trouvait au dos. Elle a dit que ce corail avait grandi dans l'océan et que, comme ça, les poissons auraient quelque chose de joli à regarder. Il est magnifique, tout découpé en forme de petites fleurs et de feuilles. Elle a eu droit à deux câlins. Je suis bien contente que Fanny et moi, nous ayons choisi un bocal particulièrement grand.

Théo fait encore la sieste ou, du moins, connaît une « période calme », après le dîner. Il a mis le bocal dans un endroit où il peut s'étendre et regarder ses nouveaux amis tourner en rond dans l'eau

Juste avant de les nourrir, Théo fait sonner la clochette d'argent qui est dans le vaisselier et il est convaincu que Baba et Bibi vont vite comprendre que le son de la clochette signifie « manger ». Ce sont des poissons rouges extrêmement intelligents, Jane, comme tu l'as sans doute déjà deviné. Fanny et moi, nous les avons choisis parce que, à les regarder, on voyait bien que ces deux poissons-là étaient pleins de sagesse. En tout cas, c'est ce que nous avons expliqué à Théo.

Nous avons tous eu de beaux cadeaux. Papa a offert à

Jo un médaillon avec un petit portrait de Jemma dedans. Il l'avait déjà tout prêt. Je crois qu'il en a un de Jo pour Jemma, mais il n'en a rien dit.

De la part de Tatie, j'ai reçu un très bon livre, *The Shuttle*, par la dame qui a écrit *Le petit Lord Fauntleroy*, et papa a posé sur mon oreiller une anthologie de la poésie anglaise, *Golden Treasury of Songs and Lyrics and other anthologies*, de Francis Turner Palsgrave. J'adore les poèmes. Je me suis dit que je pourrais essayer d'en écrire un. Je crois que j'y arriverais, en m'y mettant sérieusement.

Les gants de Tatie lui vont à la perfection, et elle était très contente.

William a offert un cadeau à Jo, mais elle refuse de nous le montrer.

Jeudi 26 décembre 1918

Le lendemain de Noël

Hier, nous avons passé une belle journée en famille et nous avons reçu de magnifiques cadeaux, mais j'ai décidé de te dire la vérité, Jane. Alors j'avoue que, à part le plaisir que nous avons eu à regarder Théo qui était tout excité, ce Noël a vraiment été un des jours les plus tristes de toute ma vie. Nous avons beaucoup ri et blagué, nous nous sommes bien amusés, mais l'absence de Jemma laissait comme un grand espace vide et sombre derrière l'écran de nos festivités. C'était comme de marcher sur un plancher, avec la certitude qu'il va tenir sous votre poids et de découvrir que des planches sont pourries et que vous vous retrouvez sur le point de tomber dans un grand trou.

Je n'arrêtais pas de me rappeler que Jemma pensait, comme moi, qu'un pin fait un arbre de Noël parfait.

Papa est resté toute la journée enfermé dans son bureau, disant qu'il avait des copies à corriger. Il n'a jamais fait ça un jour de Noël. Jo aussi n'était pas comme d'habitude. Chaque fois qu'elle voulait nous cacher ses larmes, elle s'enfouissait le visage dans le cou d'Hamlet.

Ça semble tellement injuste, tellement méchant que quelqu'un d'aussi bon et tendrement aimé que ma sœur Jemma soit emporté par un ennemi invisible qui s'est glissé furtivement comme un voleur pendant la nuit.

Je dois m'arrêter, Jane, et aller me coucher. J'espère que tu n'auras jamais un Noël comme le nôtre, même si c'est aussi un des plus beaux que nous ayons eus. Ça semble impossible. Comment deux sentiments si diamétralement opposés peuvent-ils cohabiter dans mon cœur? C'est un miracle causé par le visage radieux de Théo. Notre peine a fait de cette journée une espèce de gros nuage noir, mais Théo était là-dedans comme le soleil qui donne une couleur argentée au pourtour des nuages.

Dimanche 29 décembre 1918

Nous avons recommencé à rire. Hamlet est une bénédiction du Ciel, de ce côté. Un vrai clown triste!

Nous étions justement en train de rigoler quand oncle Walter est arrivé. Il a commencé par raconter à papa que c'est affreux quand des gens se présentent à sa pharmacie pour lui demander de quoi soigner un des leurs qui a été frappé par la grippe. Il n'y a rien à faire. Mais, dit-il, certains croient qu'il cache des médicaments qu'il ne donne qu'à ses amis et à sa famille. Fanny a affirmé dur comme fer qu'il avait les joues ruisselantes de larmes quand il est reparti.

« Personne ne m'a jamais remis en doute comme ça, Dadou », l'ai-je entendu dire.

Ça fait drôle d'entendre papa se faire appeler par un nom de petit garçon, surtout qu'oncle Walter est le plus jeune des deux. Papa l'a accompagné dehors, jusqu'à son automobile. Je les ai regardés tous les deux, et papa avait la main sur l'épaule d'oncle Walter pendant tout ce temps.

Demain, nous allons retourner chanter pour les soldats. J'espère qu'ils vont apprécier.

Lundi 30 décembre 1918

J'ai écrit mon premier poème. Il est très court. Ça raconte ce que je ressentais tandis que j'écrivais.

Pourquoi donc le soleil brille-t-il tant et tant,
Quand aujourd'hui le monde est rempli de tristesse?
Du ciel devrait tomber mille larmes de sang,
Échappées des nuages couleur de détresse.
Les oiseaux devraient rester aux arbres perchés,
Cessant à jamais leurs joyeuses envolées.
Pourtant, même si je suis triste, je veux m'assurer
Que les enfants pourront continuer de chanter.

Je ne lirai pas une ligne de mon anthologie dans les jours qui viennent, au cas où je me rendrais compte que mon poème est trop mauvais. J'ai entendu Théo qui chantait une fois de plus Vive le vent, et c'est ce qui m'a inspirée.

Mardi 31 décembre 1918

La veille du Nouvel An

Il est presque une heure du matin! Nous sommes donc déjà rendus au jour de l'An.

Heureusement que papa et Tatie dorment et qu'ils ne peuvent pas voir notre lampe allumée. Nous étions toutes les deux incapables de dormir, alors Fanny est en train de lire un chapitre de son livre de Noël tandis que moi, je raconte notre soirée.

Caro et sa sœur Gertrude nous ont emmenées, Jo, Fanny et moi, avec elles pour visiter leurs cousins à Mimico. Son oncle est directeur de l'école pour jeunes délinquants qui se trouve là-bas, et il a une bien belle famille. Ils sont six. C'était merveilleux. Ils connaissaient à peine Jemma, alors ils ne nous ont pas rappelé notre chagrin. Nous avons d'abord joué au Cœur, puis nous sommes passés à *Pounce*. Tout le monde criait et riait. Je vais écrire les règles de ce jeu à la fin de mon journal, Jane, au cas où tu voudrais le montrer à tes amis et que j'aurais oublié comment jouer. Même Jo a réussi à rire, puis aussitôt, elle s'est mise à pleurer. Tante Jennifer, la tante de Caro, l'a emmenée avec elle dans une autre pièce pour quelques minutes, puis Jo est revenue, les yeux rouges, mais prête à se remettre au jeu. Ce jeu agissait comme un bon médicament, et leur grosse famille enjouée aussi. J'espère que nous serons encore invitées. Personne chez eux n'a été malade, et la grippe est beaucoup moins mauvaise maintenant. Je ne suis jamais rentrée aussi tard à la maison.

Nous savions que nous n'avions pas la permission de rentrer trop tard, alors à onze heures, nous nous sommes dit que nous étions autre part dans le monde où il était déjà minuit et nous nous sommes souhaité la bonne année. Ce n'était pas facile, car nous pensions à Jemma et à tous les autres qui nous ont quittés, mais les mots nous faisaient du bien. Ensuite, nous avons formé un cercle avec nos mains croisées et nous avons chanté de bon cœur. Leur oncle Georges connaît des chansons que je n'ai jamais entendues et que j'ai beaucoup aimées.

Je pensais à Jemma et j'étais sur le point d'éclater en sanglots quand, tout à coup, leur tante Jennifer a sauvé la situation en arrivant avec un balai. Elle a ouvert la porte et, à grands coups, elle a jeté dehors la vieille année terminée. Ensuite, pour célébrer, nous avons bu un verre de sa liqueur de framboise, qui était délicieuse, puis il était minuit, et William n'était toujours pas là. Nous le cherchions partout quand de grands coups ont retenti à la porte. Caro s'est précipitée pour aller ouvrir, et William, coiffé d'un drôle de chapeau, s'est incliné bien bas.

« Que Dieu vous bénisse et vous accorde une bonne année! » a-t-il dit.

« Et bonne année à toi aussi, mon garçon! », a dit leur oncle Georges.

Je me suis alors souvenue de la tradition du premier visiteur de l'année : si la première personne à franchir le seuil de votre porte est un jeune homme aux cheveux foncés, le mois qui suit sera rempli de bonheur.

Quelle belle façon de terminer cette soirée et d'entamer l'année 1919!

« Une année sans guerre », a dit Jo doucement.

Nous étions venues en tramway et *pedibus*, mais un des cousins Galt nous a ramenées en voiture. Nous nous sommes bien amusés en nous entassant tous dans leur Ford modèle T. Il y avait nous trois et aussi William, Caro, Betty Galt et le chauffeur. Gertrude nous a regardés et a dit qu'elle resterait là pour la nuit et viendrait nous voir demain matin. J'aurais été obligée de m'asseoir sur ses genoux, je crois, alors j'étais bien contente. Jo s'est retrouvée sur les genoux de William et s'est fait taquiner. Chaque fois qu'il y avait un cahot, elle se cognait la tête contre le plafond de la voiture. Quand nous sommes arrivés dans la rue Collier, elle a dit qu'elle avait le cerveau en marmelade.

Plus tard, le jour de l'An de 1919

Cette nouvelle année sera certainement meilleure, avec les malheurs de la guerre qui sont terminés et la grippe qui ne fait plus autant de victimes.

Les gens en étaient venus à indiquer que la mort avait frappé chez eux en accrochant des rubans à leurs portes : mauve pour une personne âgée, gris pour un adulte dans la force de l'âge et blanc pour un enfant. Nous aurions peut-être dû en mettre un quand Jemma est morte, mais Jo nous a hurlé de ne pas faire une chose aussi barbare. Alors nous ne l'avons pas fait. Tatie a baissé les stores, et la maison s'est retrouvée dans l'ombre, comme nos cœurs.

Aujourd'hui, c'est différent : l'année a changé et nous avons de l'oie rôtie pour le dîner, avec pour dessert du pouding aux carottes avec de la sauce à la cassonade. Nous n'en avons plus eu depuis le début de la guerre. Grand-mère va faire de la crème au beurre, aussi. On est censé choisir entre les deux, mais je les aime également et personne ne trouvera à redire, car notre mère en prenait toujours des deux, de son vivant.

Nous avons tiré des diablotins, aussi, avec des chapeaux de papier crépon à l'intérieur. Grand-mère ressemblait à la reine Victoria avec sa couronne et elle a souri quand tout le monde s'est léché les babines en l'encensant pour sa crème au beurre.

Papa a proposé de lever nos verres, comme d'habitude, mais c'était différent cette année.

« À tous ceux et celles qui nous ont quittés », a-t-il dit, en s'éclaircissant la voix.

Jeudi 2 janvier 1919

J'ai fait une étrange découverte, ce matin. Tatie et Grand-mère étaient parties rendre visite à des voisins dont le père est mort. Ce n'est pas la grippe espagnole qui l'a tué. Il a eu une crise cardiaque. J'étais bien sage, comme j'en ai pris la résolution, et j'étais en train de ranger le linge propre. D'habitude, je le monte à l'étage et je pose ce qui est à chacun sur son lit, mais j'ai décidé de faire un effort, alors j'ai tout plié et rangé dans les tiroirs des commodes. J'étais en train de glisser le jupon propre de Tatie dans son tiroir, quand ma main a buté contre quelque chose de dur. J'ai retiré l'objet, et c'était une photo de papa prise il y a très, très longtemps. Dans le bas, on pouvait lire ceci :

Rose, mon cœur, je t'aimerai toute ma vie.

Ton David

Marchant à reculons, je me suis laissée tomber assise sur le bord du lit. Je tenais la photo de mes deux mains, et j'ai failli me retrouver par terre. Puis je suis restée assise sans bouger, les yeux fixés sur son visage quand il était jeune. On aurait dit qu'on m'avait jeté un sort.

Jane, je serais peut-être encore assise là si je n'avais pas entendu un bruit de pas qui montaient l'escalier. Ce n'était pas Tatie, mais j'ai sauté sur mes pieds et j'ai remis la photo dans sa cachette. J'espère qu'elle ne s'apercevra pas que quelqu'un l'a découverte.

Je suis partie dans notre chambre, à Fanny et à moi, je me suis affalée sur mon lit et j'ai essayé par tous les moyens de comprendre ce que je venais de découvrir.

Qu'en penses-tu, Jane? J'étais prête à poser la question à Tatie, quand elles sont revenues, mais finalement, je me suis dit que je ne pouvais pas. Si elle l'a caché au fond de ce tiroir, à l'abri des regards indiscrets, ce devait être pour une bonne raison. Ce doit être quelque chose de personnel. Comme le disait maman, il y a déjà bien longtemps, ça ne me regarde pas.

Il semble bien que mon père était amoureux de la sœur de ma mère, dans leur jeunesse. J'ai repensé à ce qui était écrit des douzaines de fois, et c'est clair comme de l'eau de roche. Il le dit très clairement. Il ne s'en cache pas du tout; au contraire, il le crie pratiquement sur les toits, qu'il l'aime.

Mais, si c'est la vérité, pourquoi a-t-il épousé maman et laissé Tatie partir en Alberta pour enseigner dans une petite école de campagne? Quand j'y pense, j'ai comme l'estomac qui se noue. Maman le savait-elle? Je n'y comprends rien.

Je dois en avoir le cœur net, mais je devrai faire bien attention de m'occuper de mes oignons, après tout. C'était il y a bien longtemps. Il a l'air si jeune! Pourquoi garde-t-elle cette photo? J'espère que je l'ai remise exactement comme elle l'avait rangée. Je ne me rappelle plus dans quel sens elle était.

Je suppose que ça a quelque chose à voir avec ces drôles de paroles prononcées par maman il y a bien des années quand je lui ai demandé pourquoi Tatie ne s'était jamais mariée.

Ça doit avoir un rapport, mais c'est déconcertant, et je ne veux blesser personne en cherchant à savoir.

Dimanche 5 janvier 1919

Hier, nous sommes allés au cinéma. C'était merveilleux. Il y avait Mary Pickford dedans. C'est une Canadienne, Jane. Je n'arrive pas à l'imaginer vivant ici. Elle est si belle, et ils forment un si beau couple, Douglas Fairbanks et elle!

Nous avons aussi vu un épisode des aventures de Pauline. Cette fille est si intrépide, pour ne pas dire complètement folle, et elle passe son temps à frôler la mort. Je sais que c'est ridicule, mais quand elle se fait ligoter aux rails du chemin de fer par le méchant et qu'on entend le sifflet du train dans le lointain, mon cœur se met à battre trop fort malgré moi. Et ensuite, il faut attendre jusqu'à la semaine prochaine!

Je n'ai rien découvert à propos de la photo. J'observe papa et Tatie, mais ils ne s'échangent jamais de regards comme Mary Pickford et Douglas Fairbanks le font. Ils sont vieux, évidemment. Papa a quarante-cinq ans. Maman et Tatie étaient jumelles, donc Tatie doit avoir trente-neuf ans. Je n'arrive pas à imaginer papa amoureux. D'accord, ce n'est pas tout à fait vrai. Mais je n'arrive pas à l'imaginer en train d'écrire des mots comme ceux qui sont sur la photo.

Jane, ça m'agace. J'aurais préféré ne pas trouver cette photo. Pourtant, en même temps, je suis contente de l'avoir découverte.

Jour de l'Épiphanie
6 janvier 1919

Aujourd'hui, c'est l'Épiphanie, le jour où les Rois mages sont venus offrir leurs présents à Jésus. Hier à l'église, nous avons chanté la *Marche des Rois Mages*, et je me suis demandé comment ils ont fait pour savoir qu'une étoile dans le ciel se trouvait exactement au-dessus de l'étable et pas au-dessus de la boutique du cordonnier ou de la synagogue d'à côté. J'ai posé la question à papa, au dîner.

« Ma Fiona qui se creuse tout le temps le ciboulot, a-t-il dit, m'adressant son sourire si particulier. J'aime tellement ça quand l'un d'entre vous fait preuve de perspicacité! »

Tout le monde a ri, sauf Grand-mère. « Ce que tu dis est un sacrilège, Fiona. J'aurais pensé que ta tante t'aurait appris mieux que ça les enseignements de la Bible et l'histoire de notre Sauveur », a-t-elle dit.

Tatie a laissé échapper un petit gloussement, plus près

d'un souffle que d'un rire. « J'ai fait de mon mieux, Mme Macgregor, a-t-elle dit d'une petite voix qui se voulait tout miel. Mais l'influence de son père a réduit à néant mes plus beaux efforts. »

Tout le monde, sauf Grand-mère, s'est alors mis à rire aux éclats. Même Théo, qui n'avait aucune idée de ce que tout cela signifiait, s'est mis à rigoler.

Personne n'a semblé s'apercevoir que papa avait finalement évité de répondre à ma question.

J'étais fâchée que Grand-mère m'ait interrompue, mais Jo lui a rendu la monnaie de sa pièce à ma place. Elle est entrée dans le salon, où nous étions rassemblés, tenant un grand sac d'épicerie en papier brun.

« Qu'est-ce que tu as là-dedans, ma fille? » lui a demandé Grand-mère.

« Des surprises pour tout le monde, a dit Jo, la voix toute douce. Aimeriez-vous en avoir une? »

« Eh bien, oui! Merci », a dit Grand-mère en plongeant la main dans le sac.

Jane, c'était des os! De véritables ossements... humains! Grand-mère a vite lâché celui qu'elle tenait, comme une patate chaude, et Jo était morte de rire.

Même papa a été choqué de son air de jubilation. Jo en a été bonne pour un sermon sur le caractère sacré de la vie humaine, mais du début à la fin, ses yeux pétillaient de malice. Quand Grand-mère en a eu terminé, ma grande sœur a dit, la voix bien posée :

« Bientôt, je vais avoir un crâne. Caro a déjà le sien. Il est fissuré parce que sa propriétaire a été assassinée à coups de hache. »

Il a fallu aider Grand-mère à regagner sa chambre. J'aurais aimé que Jemma soit là et je savais que Jo ressentait la même chose. Ce n'était pas drôle du tout, évidemment, d'être morts de rire parce que Grand-mère en faisait une crise d'apoplexie.

J'aimerais pouvoir chasser de ma tête cette photo pendant quelques jours. Je me sens hantée par cette image.

Mardi 7 janvier 1919

Théodore Roosevelt est mort hier. Il a été président des États-Unis, et on raconte toutes sortes d'histoires à son sujet. À la tête d'un groupe de soldats durant la guerre hispano-américaine, il a pris d'assaut un promontoire. Papa m'a dit quels ont été ses derniers mots. Il a demandé à un serviteur noir :

« S'il vous plaît, James, éteignez la lumière. » Moi, je voudrais allumer les lumières pour tous ceux et celles qui ne se sont pas éteints paisiblement comme lui, mais que la grippe espagnole a emportés, comme Jemma.

À l'heure du coucher

Oh, Jane! Je ne sais pas par quel bout commencer. En fin d'après-midi... Non, je vais commencer par le commencement, sinon ce sera incompréhensible. Théo et moi, nous étions devant la maison, en train de faire un bonhomme de neige. Nous avions presque fini, et je suis retournée dans la maison pour aller chercher deux morceaux de charbon pour faire les yeux. Quelqu'un avait déplacé le seau à charbon, alors il m'a fallu quelques minutes pour le retrouver. Quand je suis retournée dehors,

Théo avait disparu.

Il n'a pas le droit de quitter les limites de notre propriété sans en demander d'abord la permission. Et il respecte cette règle. J'ai donc regardé partout dans le jardin. Comme ce n'est pas très grand, il ne m'a fallu qu'une minute. Puis j'ai cherché d'un côté et de l'autre de la rue. Le soir tombait, et c'était difficile d'y voir quelque chose, mais j'ai cru apercevoir un petit garçon avec une écharpe rayée rouge, comme la sienne, qui disparaissait au coin de la rue. Une grosse dame l'emmenait en le tenant par la main.

Je l'ai appelé et j'ai cru l'entendre me répondre :

« Fiona, au secours! »

J'ai couru comme une flèche et je les ai rejoints dans la rue voisine. Théo se débattait pour que la femme le laisse s'en aller, mais elle était forte et le tenait d'une poigne de fer. Par la suite, nous nous sommes rendu compte qu'elle avait laissé des marques sur ses poignets.

« Viens-t-en, Frédéric », lui criait-elle.

Elle avait l'air furieuse. J'ai attrapé Théo et j'ai crié aux oreilles de la femme : « Ce n'est pas Frédéric. C'est mon frère Théodore. Laissez-le s'en aller! »

Elle ne l'a pas lâché et elle s'est mise à courir, mais Théo, même s'il est petit, a refusé de bouger. Il était trop lourd pour qu'elle arrive à l'enlever en le traînant à bout de bras comme ça.

Alors je lui ai donné un coup de pied, Jane. Je ne savais pas quoi faire d'autre. Ma botte l'a frappée sur l'os de la cheville, elle a lâché Théo et s'est pliée en deux de douleur. Mon petit frère et moi, nous nous sommes enfuis vers la maison, et Théo a pleuré tout le temps.

Quand j'ai senti que nous étions en sécurité, j'ai jeté un coup d'œil par-dessus mon épaule et j'ai vu la femme, assise sur le muret qui se trouve devant chez les Pearson. Elle pleurait.

Nous sommes allés retrouver Tatie en courant et nous lui avons raconté ce qui s'était passé, et que la dame pleurait. Tatie est aussitôt partie. Papa aussi. Ils ont ramené la dame chez nous. Elle pleurait encore et, quand elle voulait parler, il ne sortait de sa bouche que d'affreux gargouillis.

Théo est allé se cacher en haut, mais moi je suis restée dans un endroit d'où je pouvais voir et entendre ce qui se passait.

Tatie lui a offert à boire et l'a calmée jusqu'à ce qu'elle arrive à comprendre ce qu'elle disait clairement. Elle s'appelle Mme Dutton, et ses jeunes enfants, deux filles et un garçon qui s'appelle Frédéric, sont tous morts de la grippe espagnole. Je crois que les vêtements d'hiver de Frédéric devaient ressembler à ceux de Théo parce que, tout à coup, elle était sûre que, finalement, Frédéric n'était pas mort. Oh, Jane! C'était tellement triste! Il lui reste quand même une grande fille, qui est venue la chercher. J'étais en haut avec Théo à ce moment-là, alors je ne l'ai pas vue. Elle s'appelle Olive et elle a dit que son père allait parler à sa mère et la raisonner. Mais chaque fois qu'il part travailler, elle se met à s'agiter et insiste pour partir à la recherche de ses enfants disparus. On a appelé son père à son bureau et il est venu aider Olive à rentrer chez eux.

« La pauvre! » a dit Tatie, quand la porte s'est refermée derrière eux. Théo s'est précipité en bas, il a sauté dans les bras de Tatie, et elle l'a serré si fort qu'il a lâché un petit cri.

C'est terminé maintenant, mais Théo dit qu'il ne jouera plus jamais devant la maison. Il a peur qu'elle revienne le chercher. Je le comprends. J'ai lu un tel désespoir sur son visage, quand j'emmenais Théo avec moi.

La grippe espagnole est censée être finie, mais ce n'est pas vrai, pas pour les Dutton, ni pour nous, sans Jemma. Nos vies en resteront marquées à jamais.

À Toronto seulement, près d'un millier de personnes sont mortes de la grippe. Ce soir, partout dans la ville, il y a des familles aussi tristes et brisées que la nôtre. Au moins, à la guerre, on connaît l'ennemi qu'on a à affronter, tandis que cette maladie est comme un monstre sans visage que personne ne sait comment abattre ni comment empêcher de vous atteindre.

Mercredi 8 janvier 1919

Hier soir, Théo a fait d'affreux cauchemars dans lesquels il se faisait enlever. Il pleurait dans son sommeil, Hamlet se tenait à côté de son lit, et personne ne pouvait arriver à convaincre cette espèce de grand chien de s'enlever de là.

« Laissez-le près de moi, nous a demandé Théo quand il s'est réveillé. Je me sens plus en sécurité avec lui. »

Jeudi 9 janvier 1919

Mauvaise journée, Jane. Tatie m'a dit que je ne devais pas laisser tant de tâches à faire à Fanny. Elle avait l'air fatiguée, et je m'en vais me coucher avec le sentiment d'être vraiment nulle. Je n'aime pas nettoyer et je me cache souvent la tête derrière un livre tandis que Fanny fait la vaisselle ou les lits. Fanny aime ces travaux, en tout cas c'est ce que je me dis. Peut-être que ce n'est pas vrai?

Je veux qu'on me fiche la paix!

Vendredi 10 janvier 1919

Ce matin, j'ai entendu Grand-mère qui disait qu'on ne devrait pas me faire confiance et me laisser avec Théo, puisque c'est à cause de moi qu'il a été enlevé.

J'ai couru dans ma chambre et j'ai pleuré et pleuré à en devenir complètement hystérique. Puis Jo est entrée d'un pas décidé et m'a giflée!

« Arrête tout de suite, espèce d'égoïste ». Ses paroles me blessaient, comme autant de gifles. « C'est déjà assez difficile comme ça pour papa et Tatie, sans avoir à s'occuper en plus de ton cinéma. Personne en particulier ne le surveillait. C'est autant la faute de Fanny ou la mienne que la tienne. Alors lève-toi de ton lit et arrange-toi pour te rendre utile! »

C'est ce que j'ai fait. Jane, d'après toi, est-ce qu'elle va donner des raclées à ses patients? Elle ne restera pas longtemps médecin, à ce régime là!

Je n'en revenais pas, quand elle m'a frappée comme ça. Personne ne lève jamais la main sur qui que ce soit, chez nous. Qu'est-ce qui nous arrive?

Presque midi
Samedi 11 janvier 1919

Ce matin, je me suis tenue à l'écart de Jo, Jane. Et j'ai fait la vaisselle du déjeuner sans que personne ne me l'ait demandé. Mais je me sens toute bizarre, comme si je n'étais plus Fiona. Qu'est-ce qui ne tourne pas rond chez moi? Je ne peux rien y faire, même si ça m'énerve! Et tu n'existes même pas pour de vrai, Jane. Je n'aurai probablement jamais une fille.

Et si Jo attrapait la grippe? Et si Tatie ou papa l'attrapait?

À l'heure du coucher

La journée m'a semblée longue et triste, et j'aurais aimé pouvoir changer de vie. Finalement, Jo est venue me trouver juste avant le souper, m'a entraînée avec elle dans l'entrée, où personne ne pouvait nous voir, et elle m'a embrassée. Elle avait les larmes aux yeux, Jane.

« Tu as passé une très mauvaise journée, Fiona, n'est-ce pas? a-t-elle dit. Je suis désolée. Ta pauvre joue. Je n'ai pas pu me retenir et j'en ai tellement honte! »

Je me suis sentie désolée pour elle, mais je ne l'ai pas dit. Je lui ai plutôt dit que ma joue allait bien et d'arrêter de s'en faire. Je crois que tout ça arrive à cause de Fanny que nous avons failli perdre, puis de Jemma que nous avons vraiment perdue. C'est trop dur à supporter pour nous tous.

Dimanche 12 janvier 1919

Théo va bien aujourd'hui. Quand nous étions à l'église, j'ai eu envie de tomber à genoux et de remercier Dieu de nous l'avoir rendu. Papa a croisé mon regard. Je ne savais pas qu'il pouvait lire dans les pensées. Au moment du bénédicité, à midi, il a dit : « Remercions Notre Père qui est aux Cieux de nous avoir ramené notre fils que nous avions perdu. Et aussi sa sœur au grand cœur, qui s'est portée à sa rescousse. »

Je me suis soudain sentie comme soulagée d'un grand poids. J'ai pris une grande respiration et j'ai expiré bruyamment. Puis, quand nous avons relevé la tête, Tatie m'a souri.

« Je rends grâce à Dieu de t'avoir, Fiona, a-t-elle dit doucement. J'ai bien peur d'avoir été un peu dure envers toi, ces derniers temps, mais je ne pourrais jamais m'en sortir sans toi. »

Je m'attendais à ce que Grand-mère dise une méchanceté, mais elle n'a pas desserré les dents. Bizarre! Remarque qu'on avait du pâté chinois, qu'elle adore, et elle en avait déjà pris une grosse bouchée.

Finalement, je crois que je suis encore Fiona Macgregor.

Lundi 10 février 1919

Je le sais, Jane : je n'ai pas écrit un seul mot depuis presque un mois. Quand j'ai passé le balai sous le lit et que j'en ai ramené ce carnet, j'ai bien failli l'enfouir quelque part et laisser tout tomber. Mais ensuite, je me suis dit que j'allais le partager avec toi et j'ai donc décidé de le reprendre.

La dernière fois que j'ai écrit dedans, je pensais que c'en était terminé de me sentir bizarre. Mais là, tout à coup, je me suis mise au lit et je n'en suis plus ressortie. J'étais malade. Non, ce n'était pas la grippe espagnole. Je ne sais même pas comment t'expliquer tout ça. Papa et moi, nous en avons discuté, et il a dit qu'il pensait que je me suis mise à avoir peur de perdre tout mon monde, après que Fanny a failli mourir, puis que Jemma est vraiment morte, que Théo a failli se faire kidnapper et que j'ai entendu Grand-mère dire à Mlle Trimmer qu'un jour, Tatie nous quitterait. Je ne l'ai pas crue, mais tout ça s'était quand même accumulé. Soudain, j'étais rendue incapable de faire ce que je fais d'habitude.

J'ai perdu connaissance, puis je ne pouvais plus ni manger ni dormir. Le docteur a dit que je pourrais faire une croisière en mer, comme dans les romans, mais qu'il pensait qu'une ou deux semaines de repos à la maison devrait suffire. Le problème c'est que, au bout d'une semaine, je me sentais toujours aussi vidée. Je restais étendue dans mon lit, à fixer le mur. Je ne voulais même pas lire, Jane!

Tatie m'a mise sur la voie de la guérison, je crois. Elle est montée dans notre chambre et elle a dit :

« Debout, jeune fille! J'ai besoin de toi pour la lessive. Ta sœur l'a faite trois fois de suite sans rouspéter tandis que toi, tu restes étendue ici, sans lever le petit doigt! Il est grand temps que tu prennes la relève. Si tu refuses de te grouiller, Fanny va finir par faiblir, et je ne peux pas faire tout le travail dans cette maison, même avec l'aide de

Myrtle. »

J'étais furieuse. Personne ne semblait comprendre. Mais je suis sortie de mon lit, je me suis traînée jusqu'en bas, j'ai mis du linge à tremper, j'ai mis de l'eau à chauffer dans la bouilloire et, tout d'un coup, le soleil s'est découvert et la maison a été inondée de lumière. Enfin, presque. À cet instant, j'ai su que ce terrible hiver tirait à sa fin et que le printemps allait bientôt arriver.

Ensuite, j'ai été très occupée et je me mettais au travail de bon gré. Quand j'avais terminé ma part des tâches ménagères, et même plus, je remettais le nez dans mes manuels scolaires. J'ai un mois de retard, alors j'avais des montagnes de travail à rattraper. Il ne me restait plus une minute pour écrire dans ce journal, Jane.

Juste au moment où je me suis sentie redevenir moi-même, Grand-mère a invité Mlle Dulcinée Trimmer pour le souper et la soirée. Nous avons réussi à nous en sortir avec le repas, même si ce n'était pas facile, et là, nous avons entrepris de montrer à Tatie comment jouer à *Pounce*. Nous étions dans l'arrière-cuisine, tous assis à la grande table. Grand-mère et Mlle Trimmer étaient là, elles aussi, parce que nous avions fait un feu dans la cheminée et qu'il faisait frisquet dans le reste de la maison. Nous étions au beau milieu d'une partie, quand la porte s'est ouverte toute grande.

Mlle Trimmer a fait savoir à tout le monde qu'elle avait le frisson, et Grand-mère a dit :

« Fiona, dépêche-toi d'aller refermer cette porte! Notre pauvre invitée est assise en plein courant d'air. »

Jane, notre « pauvre invitée » n'était pas une impotente,

que je sache! Elle n'avait rien qui clochait, ni aux bras ni aux jambes, et j'étais en train de gagner, mais Tatie m'a lancé un regard qui signifiait : « Fais-le ». Alors, j'ai sauté sur mes pieds, j'ai couru et j'ai claqué la porte bien fort pour lui faire savoir ma façon de penser. Mais il y a un panneau de verre dépoli dans cette porte, et ma main, puis mon bras sont passés au travers!

J'étais plantée là, la main dehors en pleine tempête de neige, ne sachant pas quoi faire.

Jo s'est précipitée vers moi et m'a aidé à retirer ma main lentement. D'une coupure à mon poignet, le sang coulait jusqu'à mon coude. Un lambeau de peau s'était soulevé, et je ne savais pas encore que le tendon avait été sectionné.

Jo m'a fait un garrot! Si adroitement que je n'en revenais pas! Je n'arrêtais pas de parler, alors Jo a envoyé Fanny chercher un verre d'eau.

Quand elle me l'a rapporté, la docteure Jo m'a donné une pilule à prendre avec. C'était peut-être de l'aspirine. Quand j'ai essayé de l'avaler, mes dents se sont mises à claquer sur le bord du verre, comme des castagnettes.

« Qu'est-ce qu'elle a? » a demandé Fanny.

« Elle est en état de choc, a dit Jo en riant. Ça va passer. »

Nous avons emprunté la voiture de Mlle Trimmer pour aller chez le docteur, et il m'a fait des points de suture. Il en a fallu douze. Puis il a mis une attelle de bois à mon bras, qu'il a fixée avec un bandage qui allait de mon coude jusqu'à ma main, presque jusqu'au bout des doigts. Je ne pouvais pas utiliser correctement ni une plume ni une fourchette. C'était tellement étrange!

Ça n'a pas vraiment fait mal jusqu'au soir, quand j'ai

commencé à sentir des élancements. Je n'avais pas le droit d'enlever l'attelle avant au moins une semaine. Je ne pouvais donc pas écrire à l'école, ni dans mon journal. C'est incroyablement difficile, quand on est droitière, de se retrouver le bras ficelé comme un saucisson. J'avais hâte de te raconter tout ça par écrit, Jane, mais j'étais obligée d'attendre. Mon poignet est encore douloureux, bien sûr, mais en le soutenant de l'autre main, je peux y arriver.

J'ai de la chance d'avoir Fanny pour jumelle, quand je veux m'habiller ou utiliser mon couteau à table.

« Qu'est-ce que tu peux être maladroite! » dit-elle.

Voilà. Je ne peux pas en faire plus, Jane. Il m'a fallu presque deux heures pour écrire tout ça. Bonne nuit.

Mardi 11 février 1919

Les cas de grippe espagnole se font de plus en plus rares. On pense qu'elle a fait plus de victimes que la Grande Guerre. Je sais que ça paraît impossible, mais papa dit que ça se pourrait bien.

L'autre jour, Caro et moi, nous bavardions ensemble. Je crois que c'est Jo qui lui a dit de venir me voir. Elle me parlait de la mort de son frère Gordon et elle a dit : « Voilà déjà presque un an qu'il est parti pour le Grand Voyage. »

Ce sont ses mots : le Grand voyage. Je ne savais pas quoi dire.

« Est-ce que tu l'as dit à Jo? » lui ai-je finalement demandé.

Elle l'avait fait. Je crois que c'est pour ça que Jo lui a demandé de venir me parler. Je lui ai tout déballé mon paquet d'angoisses, et elle était très réconfortante. Je lui ai dit que ce serait plus facile si nous savions ce qui arrive, une fois mort. Elle a secoué la tête en me souriant. « Je préfère en avoir la surprise », a-t-elle dit.

Une fois que Jo et elle ont été parties, je me suis sentie mille fois mieux et prête à reprendre mon petit train-train normal. Je suis allée à la cuisine et j'ai embrassé Tatie en la serrant dans mes bras. Elle m'a serrée sur son cœur, elle aussi, et a dit :

« Oh, Fiona! Que c'est bon de te retrouver! » Comme si j'avais été vraiment partie pour cette croisière en mer.

Mercredi 12 février 1919

Jo s'est mise à nous parler du Daffydil. C'est un spectacle de théâtre que les étudiants de médecine montent chaque année. William a l'intention de l'y accompagner. Je suis heureuse de la savoir heureuse. Ça fait du bien de voir qu'elle a retrouvé le moral.

Vendredi 14 février 1919

Hier, Pixie est morte dans son sommeil. Elle nous manque beaucoup. C'est surprenant, car elle n'aimait que Tatie. Quand elle penchait la tête un peu de côté, sa petite face aplatie avait l'air si drôle! Parfois, elle faisait battre sa petite queue coupée, mais le plus souvent, elle la faisait seulement frémir. C'est difficile à expliquer. Quelque chose de plus subtil qu'un battement de queue ordinaire. Quand on était la cause de ce petit frémissement, on ne pouvait que sourire. Hamlet semble savoir qu'elle est partie dans un endroit où il ne peut pas aller. Il a l'air triste et esseulé.

À l'école, Fanny et moi, nous avons reçu des cartes de Saint-Valentin de presque tout le monde. J'en ai reçu une très jolie de Ruby, presque aussi jolie que celle que je lui ai donnée. Théo regardait nos cartes les yeux remplis d'envie, alors Jo et moi, nous en avons fait une pour lui tout seul (Fanny a fait le découpage à ma place, à cause de ma blessure à la main). Devant, il y avait un gros cœur rouge collé sur un flocon de neige en papier découpé dans du papier et derrière, il y avait un genre de pochette où était glissé un énorme biscuit au sucre. Il était heureux comme un coq en pâte! Sur le biscuit, nous avions fait un visage avec des raisins secs et du glaçage.

Puis j'ai fait l'erreur de leur parler d'une fille de notre classe qui s'appelle Helga. Je crois qu'elle est réfugiée de quelque part en Russie. Elle ne dit jamais rien, et on ne la connaît pas, alors personne ne lui avait envoyé de carte de Saint-Valentin. Théo était TELLEMENT désolé pour elle qu'il a couru jusqu'en haut et a rapporté sa boîte de couleurs pour lui faire une carte sur-le-champ. Il l'a fabriquée à partir de celle que nous lui avions offert, en raturant son nom et en ajoutant un beau dessin de château. C'était écrit : « Vous êtes ma princesse! » En guise de signature, il a mis un point d'interrogation. Le résultat n'est pas très soigné, et j'ai peur qu'Helga se sente offusquée, mais je vais la lui apporter quand même, en espérant que tout se passe bien.

Elle n'a aucune famille à Toronto. Ils habitent une ferme. Ses parents se sont arrangés pour qu'elle reste en pension dans une autre famille de réfugiés pendant les mois d'école.

Ces derniers temps, elle s'est mise à me coller pour je ne sais quelle raison. Elle me suit de si près que j'ai l'impression que c'est mon ombre, ce qui est beaucoup trop près. Elle n'arrête pas de poser son bras sur mes épaules ou de le glisser sous mon coude.

Je ne sais pas ce que tu en penserais, mais il y a un certain espace autour de moi qui m'appartient, et seuls les membres de ma famille ont le droit de franchir cette limite. Je ne sais pas si tout le monde le ressent comme ça. Tatie oui, c'est sûr. Quand Mlle Trimmer se dirige vers elle les bras tendus en avant, Tatie recule et saisit un linge à vaisselle ou une tasse qu'elle peut brandir devant elle comme un bouclier. Je ne sais pas quand je l'ai remarqué pour la première fois. Je ne sais pas non plus si elle s'en rend compte. Mais c'est exactement ce que j'ai envie de faire quand Helga fonce sur moi.

Le plus bizarre de tout ça, c'est qu'elle est jalouse de Fanny.

« Ta sœur est sur tes talons comme un vrai pot de colle, il me semble, a-t-elle dit aujourd'hui, d'un air un peu méprisant. Je suis bien contente de ne pas avoir une sœur qui ne me laisserait jamais tranquille, même pas pour cinq minutes. »

Pendant un instant, je n'ai pas su quoi répondre et j'ai fait comme si je n'avais pas entendu. Puis je me suis ravisée et j'ai essayé de lui faire comprendre.

« Nous sommes des jumelles identiques, ai-je dit. Alors nous partageons tout. Je sais que c'est curieux et difficile à comprendre pour ceux qui ne sont pas des jumeaux. Nous sommes nées d'un seul et même œuf. Quand nous sommes séparées, nous tombons malades. »

Ce n'était pas entièrement vrai, mais j'avais l'impression qu'Helga pouvait le croire et que ça pourrait la tenir à distance. Je crois qu'elle a compris. On verra pour la suite.

Bonne nuit, Jane.

Dimanche 16 février 1919

Jane, aujourd'hui il est arrivé quelque chose d'extraordinairement drôle. Mlle Dulcinée Trimmer était, une fois de plus, venue « rendre visite à Grand-mère ».

Elle était dans l'entrée, avec sur le dos son nouveau manteau rouge vin et un renard autour du cou. Elle portait aussi des couvre-chaussures, bien entendu, et un chapeau orné d'une jolie plume. Mon cher petit frère était fasciné par le renard. Un renard qui a déjà été vivant et qui en a encore presque l'air, même avec ses yeux qui sont maintenant des billes de verre. Je crois que Théo a cru que c'était un renard ensorcelé.

Toujours est-il qu'il ne le quittait pas des yeux, mais personne ne s'en était aperçu. Grave erreur de notre part, Jane! Quand Mlle Trimmer a été prête à repartir et qu'elle a voulu remettre sa fourrure, elle ne la trouvait plus. Nous l'avons tous aidé à chercher jusqu'à ce que, finalement, Tatie appelle : « Théodore! »

Il a fini par avouer. Il l'avait prise pour jouer dans la cour et lui avait creusé un vrai terrier de renard dans un banc de neige. Quand il a ressorti la fourrure de son trou, elle était mouillée et un peu sale, et elle avait l'air d'un renard qui avait intérêt à retourner dans son nid où l'attendaient sa renarde et ses renardeaux.

Difficile de ne pas rire! Mais nous avons cessé de rire quand papa a emmené Théo dans son bureau et lui a donné la fessée. Il ne croit pas aux vertus de la fessée avec les enfants, mais c'était une exception. Les voisins ont même dû entendre mon petit frère qui hurlait. Je n'ai pas aimé ça, mais ça n'a pas duré longtemps parce que papa n'a pas aimé ça non plus.

Tatie s'est mise à éponger le renard, mais Mlle Trimmer le lui a arraché des mains et, drapée dans sa dignité, elle est partie. J'espère qu'elle est si dégoûtée par ce qui vient d'arriver qu'elle ne reviendra plus. Mais je crois que c'est peu probable : Grand-mère et elle sont devenues des amies intimes.

Ce soir, j'ai mis Théo au lit, et il pleurnichait encore. Je lui ai dit que je savais que papa ne lui avait pas fait si mal que ça, alors il m'a regardée et il a dit qu'il ne pleurait pas pour ça.

« Je suis trop triste pour ce pauvre renard, a-t-il dit, la voix chevrotante. Il adorait le terrier que je lui avais creusé. Oh, Fiona! Elle est si cruelle avec lui! Elle lui fait même mordre sa queue! »

C'est comme ça que la fourrure tient, avec la gueule du renard qui pince le bout de sa queue. J'avais de la peine pour ce renard moi aussi, après avoir écouté Théo.

Puis il m'a dit quelque chose que j'aurais dû deviner. Avant que Mlle T. se rende compte qu'elle avait perdu sa fourrure, elle est allée se laver les mains dans la salle de bain. Ne sachant pas qu'elle y était, Théo a ouvert la porte juste au moment où elle remettait son dentier.

« Elles s'enlèvent, Fiona, m'a-t-il dit, les yeux tout

écarquillés. Elles sont toutes plantées en rang d'oignons sur un truc rose. »

« Qu'est-ce qu'elle a dit? », lui ai-je demandé.

« J'étais déjà parti, a dit Théo. Je crois qu'elle ne m'a pas entendu. Je me suis sauvé à la vitesse de l'éclair. »

J'aurais dû le savoir, qu'elles étaient fausses. Elles sont plus grosses et plus blanches que d'ordinaire. J'aurais aimé que Théo lui dise :

« Comme vous avez de grandes dents, Dulcinée! » Quand j'ai dit ça à Fanny, nous avons ri à en avoir mal aux côtes.

Jeudi 20 février 1919

Après leur sortie au spectacle de Daffydil, William a cessé de rôder autour de chez nous. Personne ne comprend exactement pourquoi. Jo a l'air d'un pauvre chiot malheureux qui se promène l'air penaud. William n'a donné aucune explication. Je crois que Jo en a parlé à Caro, mais Caro n'en sait pas plus, sauf qu'il y a une nouvelle recrue qui assiste aux réunions du cercle des étudiants chrétiens bénévoles.

« Qu'arrive-t-il à ce garçon? » a dit papa. Il déteste voir Jo malheureuse.

Puis Tatie Rose a tendu la main et lui a tapoté l'épaule.

« Ça fait partie de l'apprentissage de la vie, David. Nous aussi nous avons eu des déceptions et nous avons survécu. Ce sera la même chose pour eux. Comme nous le savons tous les deux, même les blessures les plus profondes finissent par guérir. »

Elle l'a regardé vraiment d'un drôle d'air. On aurait dit

que sa pensée allait bien plus loin que les simples mots qu'elle venait de prononcer. Comme s'ils s'étaient parlés tous les deux dans une langue secrète.

Je me suis assise et je les ai observés, dans l'espoir de résoudre ce mystère sans que personne ne s'en aperçoive.

Il a tourné la tête vers elle, comme s'il avait oublié Jo et Caro. Jane, il ressemblait au jeune homme sur la photo de Tatie.

« Les blessures laissent des cicatrices », a-t-il dit d'une voix grave. Puis il nous a tourné le dos et il est parti dans son bureau sans ajouter un mot.

Est-ce que je me fais des idées ou est-ce qu'il se passe quelque chose entre ces deux-là? Mon petit doigt me dit que j'ai vu juste. Mais je ne peux rien faire de plus tant que je n'en sais pas davantage.

Vendredi 21 février 1919

Hier soir, j'étais rendue là dans mon écriture quand la porte de notre chambre s'est ouverte et que Tatie est entrée. J'ai vite refermé mon journal et je crois que j'ai rougi, mais si elle s'en est aperçue, elle ne l'a pas laissé paraître. Elle m'a juste dit d'arrêter d'écrire et de me coucher, alors j'ai dû m'arrêter.

Je me demande ce que papa a voulu dire par « les blessures laissent des cicatrices ». A-t-il des blessures qu'il nous cache? Tatie est-elle au courant? Elle faisait une drôle de tête quand il est reparti. Je n'ai pas encore parlé à Fanny de la photo. J'ai failli le faire à quelques reprises, mais j'ai préféré attendre. J'aurais été obligée d'avouer que j'avais fourré mon nez dans les affaires des autres, même si c'est arrivé par accident.

Samedi 22 février 1919

J'ai demandé à Tatie comment on fait pour savoir si on est vraiment amoureuse. Je me croyais très intelligente. Elle a ri.

« Fiona Rose, tu le sauras bien, a-t-elle dit. Ça t'arrivera sans doute plus d'une fois, mais tu le sauras à chaque fois. Maintenant, je veux entendre ta récitation. »

Elle a toujours été très douée pour changer de sujet de conversation. Mais j'adore faire mes récitations. Cette fois, c'était un sonnet d'Elizabeth Barrett Browning. Ça commence comme ceci : Comment je t'aime? J'en veux dire la manière.

Quand j'ai eu terminé, Tatie a essuyé quelques larmes, puis elle a ri et m'a dit que je devrais peut-être envisager une carrière d'actrice. Moi, comme Sarah Bernhardt!

Mais Tatie versait-elle ces larmes pour l'amour d'Elizabeth Barrett Browning envers Robert ou pour son souvenir de papa?

Dimanche 23 février 1919

Toute la journée a été consacrée au Seigneur, et je ne t'en parlerai pas, Jane, parce que tu n'aimeras pas ça plus que moi, quand il faudra rester tranquille et bien te conduire. Le soir, quand Mlle Dulcinée Trimmer est passée « comme par hasard pour rendre visite » à sa chère amie, je suis montée ici, et c'est tout ce que j'ai écrit depuis. Maintenant, je vais me coucher. Demain, ça ira mieux. Au moins ce ne sera pas dimanche.

Mardi 25 février 1919

Trop de devoirs à faire en rentrant, hier, mais je DOIS ABSOLUMENT te faire part de ma découverte.

J'étais au salon, en train d'épousseter, quand j'ai trouvé un exemplaire relié en cuir des Sonnets du Portugais, d'Elizabeth B. Browning dans le fauteuil de Tatie, dissimulé dans son reprisage. Il était ouvert exactement à la page de mon poème. Je l'ai appris dans une anthologie scolaire et je ne savais pas que nous avions ce livre à la maison. Quand je l'ai pris dans mes mains, une feuille s'en est échappée, avec une vieille inscription à l'encre un peu effacée. La voici : « À R., avec tout mon amour pour toujours. D. »

J'étais plantée là, les yeux fixés dessus, quand j'ai cru l'entendre venir. Je l'ai vite remis dans sa cachette. Mais ce n'était pas Tatie. C'était papa. Alors, Jane, j'ai fait comme si j'avais été justement sur le point de quitter la pièce et, tout en m'en allant, je me suis arrangée pour pousser du bout du pied le reprisage qui était sur le plancher. J'ai jeté un coup d'œil par-dessus mon épaule, Jane, et il avait les yeux fixés sur le livre. J'aurais voulu rester et lui poser des questions, mais il avait l'air de... de Théo quand il a de la peine. Alors je ne suis pas restée.

Mais Jane, « R », ce doit être pour « Rose » et « D », pour David, tu es d'accord?

En passant, Jo est allée assister à une partie de hockey à l'école avec un autre garçon, alors je suppose qu'elle n'a pas eu le cœur brisé à tout jamais. Quand elle est revenue à la maison, elle riait de ses blagues.

Mercredi 26 février 1919

Pas de nouvelles révélations. Juste ce bon vieux mois de février et sa neige fondante. J'ai hâte d'être au printemps. Mlle Dulcinée Trimmer ne se laisse pas arrêter par ce temps maussade pour sortir de chez elle. Grand-mère et elle se sont lancées dans la confection d'une courtepointe, et elle doit venir ici à peu près tous les jours. Tatie essaie d'éviter d'avoir à l'inviter à manger avec nous, mais à tous les coups Grand-mère, toujours aussi subtile, lui dit :

« Je sais que Rose espère que tu vas rester souper avec nous, Dulcinée ».

Pauvre Tatie. Elle essaie de protester en disant que c'est bien ordinaire comme souper, mais Mlle Trimmer dit tout le temps qu'elle peut se contenter d'un peu de pain avec du beurre. Puis elle éclate d'un rire chantant, comme Piccolo, le canari de tante Jessica. C'est joli à entendre quand c'est le canari qui chante, mais pas quand c'est un rire forcé.

Jeudi 27 février 1919

Je n'arrête pas de penser à papa et Tatie, et à faire des plans pour essayer d'en savoir plus, mais le courage me manque tout le temps, à la fin.

À l'école, nous étudions des tirades de Shakespeare, et Macbeth a toute ma sympathie quand il dit : « Si, une fois fait, c'était fini, il serait bon que ce fût vite fait. » Autrement dit : Puisqu'il faut le faire, autant le faire vite! J'aimerais bien le faire vite et m'en débarrasser, mais c'est impossible.

J'attends que le moment de vérité se présente, Jane. Mais, à ce moment-là, qu'est-ce que je devrai faire? Supposons que tous les deux me regardent sans sourciller et me disent :

« Pour l'amour du Ciel, Fiona, qu'est-ce que tu vas chercher là? » Qu'est-ce que tu veux que je réponde à ça?

Vendredi 28 février 1919

Je suis allée chez le dentiste aujourd'hui, après avoir passé toute la nuit éveillée à cause d'un mal de dents. Il l'a arrachée, et Théo m'a dit de la mettre sous mon oreiller pour la fée des dents. Je la lui ai donnée. Il a écrit une lettre à la fée des dents pour lui expliquer que c'était ma dent, mais que je la lui avais donnée. La fée des dents a intérêt à lui laisser quelque chose! Il faut que je le rappelle à Tatie avant de monter me coucher.

Samedi 1er mars 1919

Théo a eu une belle pièce de dix cents toute neuve, en argent. Bravo à la fée des dents!

Nos troupes vont enfin être rapatriées. Ça doit faire bizarre, que la guerre soit finie, mais de ne pas avoir terminé son service. Helga a raconté que le fils aîné des gens chez qui elle habite est attendu pour bientôt. Pendant qu'il était en Europe, sa sœur aînée est morte de la grippe. Ça va lui faire tout un choc. En tout cas, c'est ce que je pense.

Beaucoup de familles auront à vivre le même genre de mélange de peines et de joies.

Plus tard

Tatie m'a envoyée en haut, dans la chambre de papa, avec des vêtements propres qui avaient été oubliés dans le panier à linge. J'ai fait une découverte étonnante. Je sais que j'ai mis mon nez là où je n'aurais pas dû, mais je n'arrive pas à m'empêcher de m'interroger sur la photo qui est dans le tiroir de Tatie. Je traînais là, à regarder les livres dans l'étagère de papa, et j'ai trouvé, tout en haut, une série de sept petits journaux intimes! J'étais en train d'en feuilleter un, daté de 1898, et je venais de repérer le nom de « Rose », quand Tatie m'a appelée, me demandant de venir mettre la table pour le souper. Je me suis précipitée en bas, je l'ai fixée des yeux et j'allais la questionner à propos du temps de sa jeunesse, quand je me suis rappelé ce qu'ils avaient dit au sujet des blessures. Alors j'ai sorti les couteaux et les fourchettes, mais je les ai mis tout de travers.

« Fiona, à quoi pensais-tu? » m'a-t-elle demandé en pointant la table mise tout en pagaille.

« Si tu savais! » lui ai-je répondu.

Jane, est-ce que je devrais y retourner et continuer à les lire?

Non, je ne devrais pas faire ça.

Est-ce que je vais y retourner? Bien sûr!

Jane, si jamais tu trouves un volume de mon journal intime que je ne t'ai pas permis de lire, gare à toi!

Je n'arrête pas de me dire que c'était il y a plus de vingt ans et que le ciel ne nous tombera pas sur la tête, si je me lance.

Je n'arrive même pas à m'en convaincre moi-même.

Dimanche 2 mars 1919

Tu serais surprise de voir comme c'est difficile d'entrer dans la chambre de papa, d'y prendre un volume de son journal et d'en ressortir sans attirer l'attention. On dirait que c'est impossible. J'étais rendue devant la porte et là, je l'ai entendu qui faisait quelque chose dans sa chambre. J'ai détalé comme un lapin! Et c'est arrivé à quelques reprises.

Comme aujourd'hui c'était dimanche, tout le monde était à la maison, après l'église, ce qui rendait la chose encore plus difficile.

Une fois, je crus l'entendre venir, mais ce n'était pas lui du tout. C'était Jo qui rapportait un livre qu'il lui avait prêté.

« Tu voulais me voir, Fiona? », a-t-elle demandé.

« Non », ai-je dit, en bégayant et en rougissant jusqu'à la racine des cheveux. Puis j'ai filé, la laissant perplexe. Depuis, elle m'a à l'œil.

Lundi 3 mars 1919

Ce soir, Grand-mère a fait une chose qui nous a tous choqués profondément. Au beau milieu du repas, Jane, elle s'est tournée vers Tatie et lui a dit :

« Théodore va bientôt commencer l'école. Qu'as-tu l'intention de faire, Rose, quand David n'aura plus besoin de toi? Les filles sont bien assez grandes pour s'occuper de la maison. Je trouve que tu as déjà assez donné de ton temps pour élever les enfants de ta sœur. Pas toi? »

Un silence glacial s'est abattu sur notre tablée. Nous étions tous abasourdis et horrifiés. J'avais même peur, pour tout te dire. J'en avais le souffle coupé, comme si j'allais m'étouffer.

C'était très bizarre. Papa a décoché un regard à Tatie, puis a baissé les yeux en fixant sa soupe, immobile comme une statue de sel. C'était à lui de répondre, mais il n'a pas dit un mot.

Tatie a fait un drôle de bruit, comme un petit hoquet, puis a dit :

« Les filles m'aident énormément en ce moment, Mme Macgregor. Mais Théo ne va pas encore à l'école, et je n'ai encore fait aucun projet. Je vous prie de m'en excuser. »

Elle ne s'est pas sauvée de la pièce en courant, mais je savais qu'elle en aurait eu envie. À la place, elle s'est levée de table calmement et elle est allée à la cuisine comme si elle allait chercher le pouding, mais elle n'est pas revenue.

« Elle ne peut pas s'en aller! » ai-je crié à ma grand-mère. J'ai fait exprès de crier assez fort pour que mon père réagisse et sorte de son silence. Pour la première fois de ma vie, j'aurais eu envie de le frapper.

« Non, elle ne peut pas », a dit Fanny, d'accord avec moi.

Puis Jo a lancé quelque chose de cinglant à Grand-mère, que je n'ai pas tout à fait compris.

Jane, j'ai dit que j'avais « crié », mais je crois qu'il serait plus juste de dire « hurlé ». D'habitude, j'ai peur de Grand-mère, même si je ne l'admettrai jamais.

Papa a simplement fini par se lever et quitter la pièce. Il n'avait même pas fini sa soupe. Théo l'a fait remarquer, mais personne ne lui a prêté attention. Papa avait le dos raide comme un piquet, et il est sorti sans rien dire.

Mardi 4 mars 1919

On nous a envoyés nous coucher, et je n'ai pas pu finir. Voici donc la suite de ce qui s'est passé hier soir. Tu te rappelles que j'ai dit que Tatie ne pouvait pas nous quitter?

D'un regard perçant, Grand-mère m'a fait rasseoir sur ma chaise, puis a dit, d'un ton perfide :

« Fiona, regarde comme tu peux être égoïste. Ta tante n'est pas une vieille femme comme moi. Elle a encore de nombreuses années devant elle pour fonder une famille. »

Nous avons entendu Tatie qui montait. Papa était rendu dans son bureau et avait fermé la porte à grand fracas derrière lui, ce qui était un signe. Mais personne ne savait un signe de quoi.

Si je l'avais refermée comme ça, Jane, je me serais fait dire que je l'avais « claquée » et on m'aurait obligée à revenir sur mes pas pour la refermer correctement. Mais personne ne l'a rappelé à l'ordre, lui.

Puis Théo, qui n'y comprenait rien, à part que Tatie était malheureuse, a sauté sur ses pieds, en renversant sa chaise, et a détalé jusqu'en haut où elle et lui partagent une chambre.

« Maman, non! », l'avons-nous entendu crier.

Puis nous avons entendu cette porte se refermer, elle aussi avec fracas.

À ce moment-là, Grand-mère nous a dit, d'un ton autoritaire.

« Vous, les filles, vous restez là. Je n'en ai pas terminé avec vous, et vous me devez encore des excuses. »

Nous sommes restées assises sur nos chaises, sans bouger. Sans le dire, nous la détestions toutes, mais aucune de nous ne savait quoi faire.

C'était affreux!

Grand-mère est devenue verte de rage et nous a fait un sermon sur le respect de nos aînés. Elle a terminé en disant :

« Il est grand temps que quelqu'un s'occupe de vous prendre en main, mes enfants. Joséphine se prend pour une adulte, je le vois bien, et vous deux et Théo avez besoin qu'on vous inculque les bonnes manières avant qu'il ne soit trop tard. Je ne suis pas la seule à trouver que vous manquez de respect. Vos manières sont pitoyables. Mlle Trimmer et moi en avons souvent discuté, et je regrette, mais je vais devoir mettre tout cela au clair avec mon fils. »

Tout ce que je voyais, en l'écoutant, c'était le sourire tout en dents de Mlle Trimmer, qui me faisait penser à un crocodile. Je ne pouvais pas oublier la manière d'agir de Grand-mère, l'autre fois, quand elles prenaient le thé ensemble. Elle avait dit quelque chose d'incompréhensible pour moi, sur le coup. Je me suis creusé les méninges jusqu'à ce que les mots me reviennent exactement, et c'est devenu clair comme de l'eau de roche :

« Chère Dulcinée, laisse-moi seulement un peu de temps pour que je défriche le terrain pour toi. »

Est-ce qu'elle aurait vraiment dit ce que je pense qu'elle voulait dire? Si c'est ça, elle est vraiment méchante. Je dirais même, complètement folle. Je ne peux pas croire que Tatie puisse nous quitter un jour. Ni que papa se tournerait vers Dulcinée Trimmer pour qu'elle le réconforte, si jamais Tatie nous abandonnait. Il ne ferait jamais une chose aussi insensée. Pourquoi voudrait-il que Dulcinée Trimmer l'aide à nous apprendre à bien nous conduire? Si Grand-mère s'en allait, me suis-je alors dit, nous nous conduirions bien, sans aucun problème. Et si elle ne partait pas? Et si elle réussissait à le prendre dans les mailles du filet qu'elle lui a tendu avec Mlle Trimmer?

Il faut à tout prix éviter ça. Je dois absolument intervenir. Pourquoi moi? Parce que, à ma connaissance, je suis la seule à savoir presque toute l'histoire. Mais comment m'y prendre, Jane? J'aimerais que tu sois là pour me donner de bons conseils. Et une petite dose de jugeote. Fanny est un peu trop douce et obéissante pour jouer les conspiratrices.

La photo de Tatie est la seule chose à laquelle je peux penser. Peut-être aussi autre chose que j'ai lu dans un des carnets de papa. Si j'allais chercher la photo en haut... Est-ce que je suis assez effrontée pour le faire? Oh, Jane! Aide-moi à me sortir de là! Oh, et puis, tant pis! Demain, je vais y aller, au risque de me faire attraper.

Mercredi 5 mars 1919

Une fois tout le monde endormi

Jane, je l'ai fait.

Je sais ce qui s'est passé, autrefois. Il m'a fallu mentir pour y arriver. Quand il a été l'heure de la prière, j'ai dit :

« J'ai mal à la tête et au ventre. »

Je savais que Tatie allait me croire. J'ai commencé à avoir mes menstruations, il y a deux mois. Fanny a commencé une semaine plus tard. Du côté de Fanny, on peut toujours compter sur elle pour entrer dans mon jeu.

Jo était de sortie avec le groupe de Mlle Bank, à l'école du dimanche. Tatie devait mettre Théo au lit et lui lire une histoire. Fanny s'est donc jointe à papa et Grand-mère pour la prière du soir.

Dès l'instant où j'ai su que la voie était libre, j'ai sauté de mon lit, pas plus malade qu'une autre, et, d'une impudence peu commune, je suis allée directement dans la chambre de papa et j'y ai pris le carnet en question. Par pur hasard, je suis tombée dessus du premier coup. Je l'ai ouvert à la page qui commençait par :

« J'ai commis une terrible erreur. »

Je ne vais pas recopier tout ce passage, mais c'est un vrai roman. Papa a dit à ma tante Rose qu'il était amoureux de toutes les deux et qu'il n'arrivait pas à choisir laquelle il voudrait avoir pour épouse. Il le lui disait à la fois pour la taquiner et pour voir comment elle réagirait. Elle lui a répondu d'un ton très calme que c'était à lui de décider, mais que, quant à elle, elle pouvait déjà lui dire qu'elle ne souhaitait pas épouser un homme qui ne savait pas ce qu'il voulait.

Quel idiot!

« D'accord, a-t-il dit. Je vais d'abord demander à Ruth pour voir ce qu'elle en dit. »

« C'est ça, fais donc ça, David », a dit ma tante Rose.

Plus tard dans la journée, il a vu ma mère et il lui a demandé abruptement : « Qu'est-ce que tu dirais si je te demandais de m'épouser, Ruth? »

Elle s'est jetée à son cou et a dit :

« J'attendais ça depuis si longtemps! Oui, oui, oui, David. Je serais tellement contente de t'épouser! »

Il ne savait plus quoi faire. Elle était si contente! Elle a dit qu'elle devait tout de suite aller le dire à sa sœur. Il n'a pas pu l'arrêter. Et Rose a dit à sa sœur qu'elle était très heureuse pour elle.

Quelques jours plus tard, papa s'est arrangé pour se retrouver seul avec Rose et il a essayé de lui expliquer. Il a dit qu'il savait depuis longtemps qu'elle était celle qu'il aimait. Mais elle l'a repoussé. Elle ne voulait surtout pas briser le cœur de Ruth, lui a-t-elle dit. Et que, s'il revenait sur son engagement avec Ruth, il les perdrait finalement toutes les deux. Je me demande si maman n'aurait pas d'abord mis Tatie au courant de son penchant pour David Macgregor, si bien que tout était déjà réglé d'avance.

Elle lui a fait promettre de ne jamais le dire à Ruth ni de lui en reparler, à elle. Pauvre papa. Je me demande pourquoi ils n'ont pas arrangé tout ça quand maman est morte, mais je peux deviner. Rendu là, il aimait vraiment maman. D'aussi longtemps que je me souvienne, je sais qu'il aimait maman. Il nous en a toujours parlé si tendrement. Puis Tatie s'est occupée de sa maisonnée. Et nous étions tous attristés par ce deuil.

Les blessures laissent des cicatrices. Elles finissent par s'estomper avec le temps, mais elles restent quand même bien longtemps après la guérison. C'est ce qu'il a écrit dans son journal. Je dois le remettre à sa place et attendre le bon moment. Je ne peux pas croire qu'il n'a pas encore compris que Tatie est encore amoureuse de lui. Je ne peux pas croire qu'il va la laisser lui échapper encore une fois.

Vendredi 7 mars 1919

Je n'ai pas pu t'écrire parce que, depuis deux jours, tout ce que j'avais dans la tête, c'était papa et Tatie et maman, mais j'ai trouvé comment m'y prendre. Je vais le faire ce soir, tandis que tout le monde est couché et que la maison est silencieuse.

J'y vais maintenant. Souhaite-moi bonne chance.

Ça y est! Je suis descendue pieds nus et j'ai glissé la photo de Tatie sous l'oreiller de papa avec une note dans laquelle je lui explique où je l'ai trouvée et lui demande pourquoi il n'a pas relu son journal, en lui indiquant quelle date en particulier. Puis je lui ai écrit que j'étais sûre qu'elle ne dirait pas non cette fois-ci et que, s'il n'avait pas le courage de le faire, il pourrait bien la perdre encore une fois.

Ensuite, je suis vite retournée dans mon lit, et me voilà en train de griffonner ces quelques mots avant d'essayer de m'endormir. J'ai l'impression que je ne pourrai pas fermer l'œil de la nuit. Fanny en bave de curiosité. Je lui ai seulement dit que j'avais pris exemple sur les suffragettes et que j'avais fait quelque chose d'audacieux. Maintenant, je vais faire semblant de m'endormir.

Je me demande s'il va me parler au déjeuner.

Samedi 8 mars 1919

Il ne m'a pas parlé. Il est arrivé en dernier, nous a jeté un regard circulaire, s'est dirigé vers moi et m'a embrassée sur le front. Puis il a pris une tranche de pain grillé et il est parti pour une réunion ou je ne sais quoi d'autre. J'ai cru que j'allais exploser.

Plus tard

J'ai attendu toute la journée qu'il me dise quelque chose, mais non. Qu'est-ce que j'ai fait? Est-ce que j'ai tout gâché? Si oui, est-ce qu'ils me pardonneront?

Dimanche 9 mars 1919

Tatie m'a attrapée dans le couloir d'en haut. Elle m'a serrée très fort et m'a chuchoté :

« Tu es ce qui m'est arrivé de plus beau dans la vie, Fiona Rose. »

« Quoi? », ai-je dit, avec l'impression d'avoir un court circuit entre les deux oreilles.

« Patiente encore un peu, mon cœur », a-t-elle murmuré. Et elle a disparu. Et c'est tout.

Lundi 10 mars 1919

Si ça continue comme ça, je crois que je vais en mourir. Je ne suis pas du tout douée pour attendre.

Mardi 11 mars 1919

J'attends toujours. C'est insupportable!

Mercredi 12 mars 1919

Plus besoin de m'en faire! Ce soir, quand Grand-mère est partie chez Mlle Trimmer pour une partie de whist, papa nous a fait venir dans son bureau et nous a annoncé que Tatie et lui allaient se marier samedi!

Ils attendaient que Grand-mère soit partie pour nous le dire, afin que nos cris de joie « ne fichent pas tout par terre ».

Ils vont se marier à l'église de la rue Bloor, à dix heures trente le matin, et nous y serons tous. Seulement nous : Jo, Fanny, Théo et moi! Pas Grand-mère. Elle n'est même pas au courant.

« Elle sera au dîner, quand nous rentrerons à la maison, a-t-il dit. Mais elle n'apprécierait pas la cérémonie. Votre tante et moi, nous ne voulons y voir personne qui ne serait pas content de notre mariage. Oh! Le docteur Musgrave et Mlle Banks seront là, comme témoins. »

« C'est un secret? » a demandé Théo, les yeux ronds et brillants comme des billes de verre.

Théo comprend vite.

Papa a dit que c'était un secret à garder jusqu'à ce que nous soyons revenus chez nous, après l'église.

« Alors, est-ce que maman va être ma vraie maman, au lieu de ma tatie-maman? » a demandé Théo. Comme je le disais, il comprend vite.

« Exactement, mon garçon », a dit Tatie.

On aurait dit qu'elle avait une boule dans la gorge. Elle a dit que nous, les filles, nous pouvions continuer de l'appeler Tatie, qu'elle serait mal à l'aise si nous essayions de changer.

Jo lui a demandé ce qu'elle allait porter, et nous avons laissé papa dans son bureau pour aller faire le tour de sa garde-robe. Elle a choisi, finalement, de porter son tailleur vert. Il est joli, mais elle l'a depuis des années. Jo a dit qu'il n'en était pas question. Elle est partie fouiller dans le grand coffre de notre arrière-grand-mère et elle en a ressorti une magnifique robe de mariée ancienne. Elle est en satin ivoire avec de la dentelle autour des poignets et de gros volants au bas de la jupe. Tatie a rougi un peu et nous a dit que c'était la robe de maman et qu'elle ne se sentirait pas à l'aise de la porter. Nous avons essayé de la convaincre, mais j'ai vu que nous la mettions mal à l'aise. Jo a dû s'en rendre compte au même moment. Elle a remis la jolie robe de mariée dans le coffre de cèdre et elle a serré Tatie dans ses bras.

« Tu as l'air du Bonhomme printemps dans ce tailleur, a-t-elle dit. Je sais que papa l'aime. Il n'y a qu'à voir la façon qu'il a de te regarder. »

Je n'en suis pas tout à fait sûre. Je ne pense pas que notre père porte une grande attention aux vêtements. Tatie a éclaté de rire et a embrassé Jo.

« Tu es vraiment un cœur, Joséphine Macgregor », a-t-elle dit.

Puis elle s'est mouchée, et Jo a emporté le tailleur vert pour le repasser. Nous allons chercher un bouquet. Nous ne sommes pas sûres de ce que nous allons trouver comme fleurs, mais je crois qu'il y a toujours des roses. Dommage que ce ne soit pas encore le temps du muguet : elle a un faible pour cette fleur, tout comme maman.

Jeudi 13 mars 1919

Je viens de désobéir à mon père et de faire quelque chose d'effronté, Jane, et j'en ai les mains qui tremblent si fort que j'ai du mal à écrire. Tout le monde était soit sorti, soit couché, sauf moi. C'est très rare chez nous, et tout à coup, j'ai eu une idée. J'AI FAIT UN APPEL INTERURBAIN AU TÉLÉPHONE! J'ai pris une grosse voix et je me suis exercée avant d'appeler pour de vrai. J'ai parlé à Papi. Mamie était déjà au lit. Je lui ai annoncé le mariage. Je trouvais qu'ils avaient le droit de le savoir. Hier, quand j'ai parlé d'eux à Tatie, elle a dit que ce n'était pas juste d'en parler à une grand-mère et pas à l'autre. Que, de toutes façons, il était déjà trop tard pour qu'ils y assistent et que papa et elle iraient leur rendre visite après.

Mais j'ai décidé que ce n'était pas juste que Mamie et Papi soient privés de cette grande joie à cause de la méchanceté de Grand-mère.

J'avais du mal à y croire, quand mon appel est passé aussi facilement qu'un fil à couper le beurre et que j'ai entendu la voix de Papi. Je l'ai mis au courant de tout, et il a écouté sans dire un mot. Puis, quand j'ai arrêté mon papotage, il a ri.

« Merci, Fiona Rose, a-t-il dit. Quelle bonne nouvelle! Je vais le dire à ta grand-maman. Elle est déjà au lit, mais je monte tout de suite. »

« Ils ne veulent pas le dire à Grand-mère tant que ce ne sera pas fait », ai-je dit.

« Très bonne idée », a-t-il dit, et il a raccroché.

Est-ce que j'ai fait une grosse bêtise, Jane? Ça ne m'étonnerait pas.

Mais je n'arrive pas à m'en vouloir vraiment. Je viens de jeter un coup d'œil par la fenêtre de la porte d'en avant, et Jo et William sont là, main dans la main.

Samedi 15 mars 1919

Jane, il ne me reste plus que quelques pages dans ce carnet. J'aurais dû écrire plus petit, mais papa a déjà promis de m'en acheter un autre.

Papa et Tatie se sont mariés ce matin. C'était paisible, intime et tellement beau que j'ai pleuré à chaudes larmes. Théo était si inquiet qu'il m'a dit :

« Je pensais que tu aimais ma maman. »

« Oh! Je l'aime », lui ai-je répondu entre deux sanglots. Tout le monde a ri, même le ministre.

Après le mariage, quand nous sommes revenus à la maison, Grand-mère nous attendait à la porte. Papa avait laissé une note disant que nous allions être de retour pour le dîner. Elle a dû se demander où nous avions bien pu aller tous ensemble comme ça.

Écoute bien la suite, Jane. Tandis que nous descendions de la voiture, un taxi est arrivé, avec pour passagers Mamie et Papi.

Mamie est descendue, s'est dirigée tout droit vers Grand-mère et a fait du mieux qu'elle pouvait pour la serrer dans ses bras.

« Je suis venue pour t'appuyer, Dorcas, puisque ni toi ni moi n'avons été invitées à ce mariage », a-t-elle dit, en m'adressant un sourire par-dessus l'épaule de Grand-mère. J'ai tourné la tête vers Papi, et il m'a fait un clin d'œil.

Grand-mère est devenue raide comme une barre de fer. Son visage est devenu rouge comme une betterave, et elle était incapable de parler. Puis elle s'est mise à pleurer. Je voulais la frapper, Jane. Je pensais qu'elle allait tout gâcher.

Mais papa l'a embrassée, puis Tatie aussi, alors elle a essuyé ses larmes et a vite retrouvé ses bonnes manières.

« Je prie pour que vous soyez heureux tous les deux, a-t-elle dit d'un ton de voix tout empesé. Mais nous ne sommes pas obligés de rester là, dehors, à nous donner en spectacle aux voisins. Entrez donc! »

Sur le coup, j'en ai eu presque de la peine pour elle. Après tout, Jane, ce n'est pas chez elle.

Nous nous sommes tous entassés dans le salon. Mamie s'est mise au piano et, sans prendre le temps d'enlever son chapeau, elle a joué l'Hymne à la joie de Beethoven.

C'était parfait!

Dimanche 16 mars 1919

C'était donc l'histoire de ce grand jour. Extraordinaire!

Il n'y a pas grand-chose de changé dans la maison, mais on sent tout même qu'il y a quelque chose de différent. De plus en plus souvent, Grand-mère reste dans sa chambre ou sort avec Mlle Trimmer, comme si elle n'arrivait pas à supporter de voir papa et Tatie qui se regardent béatement. Ce n'est peut-être pas tout à fait le bon mot, mais en tout cas.

Samedi 22 mars 1919

J'ai gardé les trois dernières pages en attendant d'avoir quelque chose d'intéressant à écrire pour la fin. Il ne s'est rien passé de toute la semaine, mais aujourd'hui, j'ai enfin une bonne histoire à te raconter, Jane. Et une bonne nouvelle, aussi.

Nous étions assis, toute la famille, dans la véranda d'en avant. Il faisait frisquet, mais le soleil brillait, peut-être en l'honneur du printemps qui venait d'arriver. Papa et Tatie étaient assis dans la balançoire et, tout fiers, se tenaient par la main. Nous étions là, autour d'eux, et dehors ça fondait, et les oiseaux chantaient à qui mieux mieux, et tout allait bien.

Soudain, Théo a bondi, comme un diable à ressort, et il s'est aussitôt plaqué le dos contre le mur de la maison, les deux mains bien serrées et l'air horrifié.

« Mais qu'est-ce qui a bien pu...? » a commencé à dire.

Nous avons tous suivi le regard de Théo et là, nous avons vu Mlle Duclinée Trimmer, les joues toutes rouges, arrivant pour prendre Grand-mère et l'emmener à une réunion du cercle des chrétiennes pour la promotion de la tempérance. Elle portait un chapeau neuf, très gros et avec un bord large. Perché là-dessus, il y avait une petite femelle troglodyte mignonne à croquer. C'était un oiseau empaillé, évidemment, mais il ressemblait vraiment à un vrai et il avait l'air de regarder droit dans les yeux mon petit frère mort de peur.

« Non, je n'y toucherai pas », a dit Théo.

Nous savions tous qu'il mourait d'envie d'arracher le petit oiseau empaillé de ce chapeau, de le délivrer de sa prison pour qu'il puisse partir en s'envolant. Le renard en fourrure n'était pas vivant non plus mais, dans la tête de Théo, il s'était animé et s'était creusé lui-même un terrier dans la neige. De la même façon, l'oiseau pouvait être déposé sur une branche, à côté d'un petit nid fabriqué avec des brins d'herbes par un gentil petit garçon. Mais il s'est rappelé le choc qu'il a eu quand il s'est fait donner la fessée par son père qui, pourtant, ne croit pas à la vertu des « châtiments corporels ». Et là, nous avons tous éclaté de rire, papa le premier, qui a tendu son long bras pour ramener Théo sur ses genoux. La minute d'après, nous poussions tous de grands cris de joie. J'ai pensé à Jemma, mais c'était pour souhaiter qu'elle soit là pour s'amuser avec nous.

Grand-mère s'est redressée bien droite et nous a regardés de toute sa hauteur. Elle avait le torse bombé comme un gros pigeon qui roucoule. Ses cheveux se sont même mis à gonfler, et ses lunettes lançaient des étincelles! Puis elle nous a fait un petit sermon et nous a annoncé que Mlle Trimmer l'avait invitée à venir habiter avec elle dans sa petite maison.

« Nous partageons le même point de vue sur bien des choses », a-t-elle dit. Son regard assassin nous faisait clairement comprendre qu'aucun d'entre nous n'avait réussi ce tour de force.

« J'ai laissé mes bagages dans ma chambre, David,

a-t-elle dit. Je compte sur toi pour me les apporter là-bas dans la soirée. On verra ensuite pour mes meubles. »

C'était exactement comme le jour où elle était arrivée.

« Bien sûr, maman », a dit papa, l'air abasourdi.

Puis toutes les deux, elles se sont dirigées solennellement vers la Ford modèle T de Dulcinée Trimmer. Elles avaient le dos raide comme une barre de fer. Elles avaient l'air de deux soldats du Christ partant en guerre.

Je n'arrive pas à y croire : Grand-mère part de chez nous pour de vrai!

Tandis que la voiture s'éloignait avec quelques ratées dans le moteur, nous avons tous éclaté de rire encore une fois. Mais le son n'était pas le même. C'était plutôt comme le son d'une trompette clamant la victoire, disant adieu à la guerre, à la grippe espagnole et à Grand-mère qui essaie de nous prendre en main. C'était dur pour tout le monde, de l'avoir tout le temps à la maison. Ce ne sera un problème pour personne, de l'avoir à dîner de temps en temps.

La journée est finie. Mais au fond de mon cœur, Jane, j'entends encore le son de la trompette et de nos rires. Je pensais que je ne rirais jamais plus, mais j'avais tort. J'ai l'impression que, demain matin, je vais me réveiller et que ce sera un jour nouveau, rempli d'espoir et de bonheur. Plus tard, quand nous serons assises toutes les deux ensemble à lire ces mots, nous pourrons rire et peut-être pleurer un peu de tous ces souvenirs de mes treize ans, quand ma sœur Jo est entrée en médecine, que la grippe espagnole a emporté Jemma, que la guerre s'est terminée, que papa et Tatie se sont mariés, que ton oncle Théo avait juste cinq ans et que nous avions un grand danois appelé Hamlet, qui nous aidait à guérir.

En attendant ce moment, je te transmets tout mon amour à travers les pages de ce journal qui est maintenant rempli du récit de toutes sortes d'événements, même s'il couvre seulement huit mois de mon existence.

Ta future mère,
Fiona Rose Macgregor

Épilogue

Le premier événement extraordinaire à survenir après la fin de cette histoire a été la naissance de Benjamin, le fils de papa et Tatie, un an après leur mariage. Les filles étaient sous le choc, mais Théo était fou de joie d'avoir enfin un frère, même si ce n'était qu'un bébé. Il a bien veillé à ce que Benjamin grandisse en faisant des mauvais coups, comme lui-même l'avait fait.

Jo a terminé sa médecine, mais n'a pas épousé William Galt. Elle est restée célibataire et est devenue très appréciée pour les accouchements et les soins pédiatriques. À l'âge de trente ans, elle a rencontré un médecin qui désirait se rendre en Chine pour soigner les gens pauvres. Ils se sont mariés et sont partis là-bas ensemble. Ils n'ont pas eu d'enfants, mais Jo a fondé un orphelinat pour des enfants qu'elle a aimés comme s'ils avaient été les siens.

Caro Galt, l'amie de Jo, a réalisé son rêve et est devenue médecin. Elle aussi a épousé un médecin : un confrère d'études qu'elle a vraiment connu des années plus tard, bien après la fin de l'épidémie de la grippe espagnole.

Fanny est allée étudier à l'Institut Macdonald, à Guelph, et est devenue diététicienne. Elle a épousé un fermier et a donné naissance à des triplés.

En grandissant, Théo s'est mis à s'intéresser à l'aviation et, quand la Deuxième Guerre mondiale a éclaté, il s'est enrôlé dans les forces armées de l'air. Il est tombé amoureux d'une Anglaise prénommée Sabrina. Ils se sont installés en Angleterre et ont eu une fille, qu'ils ont appelée Jemma. Quand Jemma a eu deux ans, ils se sont rendus au Canada et, pendant leur séjour, Sabrina a attrapé la polio. Elle a survécu, mais est restée condamnée à vivre enfermée dans un poumon artificiel. Elle vivait donc à l'hôpital, tandis que Théo et Jemma habitaient chez Fiona.

Benjamin, le fils de papa et Tatie, s'est intéressé à la radio amateur et, une fois adulte, il est devenu présentateur sur les ondes. Il était follement amoureux d'une actrice, mais pas elle. Finalement, il est resté célibataire toute sa vie.

Quant à Fiona, elle a publié des nouvelles dans des revues, ainsi que deux romans pour la jeunesse, avant d'épouser un homme qui dirigeait l'entreprise de commerce alimentaire de sa famille. Ils n'ont pas eu d'enfants jusqu'au jour où Fiona, à près de quarante ans, a donné naissance à un bébé atteint du syndrome de Down. Fiona l'a aimé tendrement et a tenu à le garder auprès d'elle, même si, à cette époque, ces enfants étaient souvent placés en institution. Toutefois, l'enfant avait une malformation au cœur et il est mort à l'âge de cinq ans. Sans enfant à elle dans sa maison, Fiona est devenue de plus en plus proche de sa nièce Jemma.

Quand David Macgregor et Rose ont été passablement âgés, Fiona, son mari, Théo et Jemma ont emménagé dans la vieille maison de la rue Collier, où tout le monde pouvait s'entraider. Théo est retourné à l'université et, par la suite, est devenu professeur de philosophie. Même si la paralysie de Sabrina était incurable, avec le temps il lui a été possible de vivre ailleurs qu'à l'hôpital. Elle a été transportée à la rue Collier, où Fiona et elle sont devenues aussi proches que Fanny et Fiona l'avaient été.

Un jour, quand la Jemma de Théo avait treize ans, Fiona a retrouvé son vieux journal intime, et Jemma et elle se sont mises à le lire à voix haute pour Sabrina. Elles y ont pris beaucoup de plaisir, même si Jemma a pleuré, au passage sur la mort de sa tante Jemma.

Finalement, Jemma a dit :

« Tante Fiona, tu es exactement comme la Tatie de ton journal. Tu nous aimes tous. Mais, encore maintenant, tu aimes bien mieux lire un livre que de faire le ménage. »

Fiona a ri et a rougi un peu, avouant que Jemma l'avait percée à jour. Tenir maison pour une si grande famille ne lui aurait normalement pas donné grand chance de s'adonner au plaisir de la lecture mais, heureusement, Sabrina avait une infirmière qui venait prendre soin d'elle durant la journée, et Théo avait aussi engagé une femme de ménage qui s'occupait de la maison et des repas.

Avec les années qui passaient, Fiona s'étonnait de voir que tant de choses avaient été écrites à propos de la Grande Guerre et qu'il restait si peu de souvenirs de la terrible épidémie de grippe espagnole, qui avait brisé sa famille. Chaque fois que Fanny venait la visiter, les deux sœurs ne manquaient pas de parler de ces jours où Fanny avait frôlé la mort et où elles s'étaient retrouvées si proches l'une de l'autre.

Note historique

« T'es-tu fait vacciner contre la grippe? » nous demandons-nous les uns les autres, quand les jours se mettent à raccourcir en automne. « J'ai mal partout. Je crois que j'ai attrapé la grippe », disons-nous à notre famille et à nos amis. Nous n'avons pas peur de cette maladie. Nous sommes simplement contrariés à l'idée de passer quelques jours désagréables à avaler des médicaments, boire du jus, rester au lit et nous apitoyer sur notre triste sort. À moins d'être de santé fragile et d'attraper tout ce qui passe, la grippe ne nous apparaît pas comme une menace de mort, même si cinq millions de Canadiens l'attrapent chaque année et que 1 500 finissent par en mourir. Bien sûr, nous nous sentons de plus en plus misérables au fur et à mesure que les jours passent sans que nos symptômes ne diminuent, mais bien peu d'entre nous en éprouvent une peur panique.

Nous avons oublié l'épidémie de grippe espagnole.

Ici au Canada, en ce début de siècle, on nous la rappelle pourtant de plus en plus souvent. Tous les jours, nous lisons dans les journaux des articles sur le virus de Norwalk ou le virus du Nil occidental. On nous donne souvent des mises à jour sur la propagation de la grippe aviaire en Asie et en Europe. À la télévision, on a vu des gens marchant dans les rues de Hong Kong portant des masques. Il y a à peine quelques années, le SRAS a frappé Toronto, tuant 40 personnes. On a demandé à plusieurs familles que l'on soupçonnait d'avoir été exposées à cette maladie de se mettre volontairement en quarantaine jusqu'à ce que la période d'incubation soit passée et que tout danger de contagion soit écarté. Depuis cet épisode à haut risque, nous nous lavons les mains plus souvent et mieux qu'auparavant, car on nous répète sans cesse que bien se laver les mains, et le faire souvent, est la meilleure façon d'empêcher la grippe de se propager. Et, de plus en plus souvent, on nous rappelle l'épidémie de grippe qui s'est répandue au Canada et dans le monde entier, en 1918 et 1919.

Les autorités songent à constituer des réserves de médicaments contre la grippe et se demandent si nous serons prêts pour la prochaine pandémie. Les politiciens se font rassurants, mais le personnel médical n'est pas aussi convaincu.

J'ai commencé à mieux comprendre l'inquiétude du monde médical quand je me suis mise à me documenter sur la grippe espagnole. Voici ce que j'ai appris, parmi les faits les plus étonnants, qui sont à vous crever le cœur. La grippe espagnole a fait plus de morts dans le monde que la Première Guerre mondiale. On estime que de 20 à 22 millions de personnes sont décédées en seulement quelques mois. Des scientifiques supposent même qu'il faudrait *encore* en rajouter plusieurs millions, car les décès dus à la grippe espagnole n'ont pas toujours été rapportés correctement dans les pays sous-développés. Au Canada, plus de deux millions de personnes ont contracté la grippe, et 50 000 en sont mortes, soit une proportion d'un décès pour six malades. (Aux États-Unis, la proportion est d'un décès pour quatre malades.) Partout au pays, les entrepreneurs de pompes funèbres étaient débordés de travail. À Toronto, la pénurie de corbillards pour transporter les corps était telle qu'il a fallu utiliser des tramways, à la place. Ailleurs, on a utilisé des camions.

Ce sont les pertes humaines et le chagrin des survivants qui rendent cette histoire de la grippe espagnole si exceptionnelle, sans oublier le courage de ceux qui ont dû y faire face. Il est temps que nous nous penchions sur ce qui s'est passé en 1918 et que nous nous rendions compte à quel point notre monde a changé depuis cette époque. Tant de choses sont différentes, maintenant! Mais toutes ces nouveautés ne nous permettraient pas pour autant d'enrayer une telle pandémie, si jamais cela se produisait.

Une pandémie, qu'est-ce que c'est ? C'est une épidémie qui affecte non seulement une ville, une province ou un pays, mais qui se répand partout dans le monde. Autrefois, il y a eu la peste (souvent appelée la « peste noire ») et le choléra. Plus récemment, il y a eu la pandémie de sida, qui s'est répandue partout sur la planète et qui a tué des millions de personnes dans plusieurs pays, surtout en Afrique.

La poliomyélite ou polio était autrefois une maladie terrible, qui a tué ou rendu infirmes des milliers de personnes. De même, la rougeole et la diphtérie ont été la cause de milliers de décès. Dans notre monde occidental, nous ne craignons plus ces trois dernières maladies, car des vaccins ont été mis au point pour en venir à bout. Les chercheurs scientifiques travaillent actuellement sans relâche à la création de tels vaccins, qui permettraient de maîtriser le virus de la grippe dans ses multiples variantes.

Pourquoi cherchons-nous si désespérément un vaccin? Parce que tous les « médicaments miracles » d'aujourd'hui ne nous permettraient pas de combattre un virus mortel mieux que ne l'ont fait les médicaments connus en 1918. Nous avons certes des moyens pour combattre les virus que nos ancêtres ne connaissaient pas. Mais tous ces moyens sont quand même insuffisants.

LA GRIPPE ESPAGNOLE

Malgré son nom, la grippe espagnole n'a pas commencé en Espagne. Il y a plusieurs théories à propos de l'origine de ce qualificatif : par exemple, c'est un journal espagnol qui a mentionné la maladie en premier parce que l'Espagne était un pays neutre durant la Première Guerre mondiale et que, de ce fait, les journaux étaient moins occupés à annoncer le nombre de morts à la guerre que ceux des pays alliés ou de l'Allemagne.

En Amérique du Nord, les premiers cas de grippe espagnole ont été rapportés à Fort Riley, une base militaire du Kansas. Plus de 100 soldats cantonnés là en mars 1918 se sont mis à avoir des symptômes de la grippe et, en quelques semaines, 1 000 soldats en étaient assez gravement atteints pour être hospitalisés. Certains malades ont été renvoyés chez eux et sont devenus de ce fait des facteurs de propagation. D'autres, qui n'avaient pas encore des symptômes aigus ou qui en étaient encore à la période d'incubation et qui semblaient donc en santé, ont été envoyés en Europe pour se battre. Le virus de la grippe espagnole a donc été transporté par ces deux groupes. Il s'est mis à apparaître chez des soldats en Europe et dans les îles Britanniques et, en mai 1918, 10 000 marins de la flotte Britannique en étaient atteints.

Le Canada a été touché par la contagion durant l'été 1918. Elle s'est manifestée pour la première fois dans la population civile, dans un collège de Victoriaville, au Québec. Le cas a été rapporté dans la presse, mais personne ne s'en est inquiété outre mesure. À cette époque, les déplacements prenaient plus de temps qu'aujourd'hui, et bien des gens passaient toute leur existence à vivre à une journée de voyage du village de leur enfance. Le Québec, qui semble si près de Toronto de nos jours, n'était pas si près pour des gens comme Fiona Macgregor et les siens. Pourtant, à la fin septembre, une petite fille de l'école Jesse Ketchum est morte à l'hôpital général de Toronto : c'était la première fois que la grippe espagnole frappait à Toronto. Le Canada, qui avait subi une guerre ayant tué près de 60 000 de ses hommes jeunes, allait connaître l'expérience d'une maladie qui allait emporter 50 000 civils qui se croyaient à l'abri de tous les dangers chez eux. Les deux groupes se recoupaient en partie : des soldats rentrant au Canada apportaient le virus avec eux, et d'autres l'attrapaient une fois rendus chez eux, alors qu'ils se croyaient hors de danger, étant loin du front. Alan McLeod, le plus jeune récipiendaire de la croix de Victoria (la plus haute distinction du Commonwealth), décoré à 18 ans, a survécu à la guerre, mais est mort de la grippe peu de temps après son retour triomphal.

La mort qui frappait partout au Canada a généré de l'inquiétude. Les écoles ont été mises en quarantaine. Les rassemblements publics ont été annulés. Les salles de quilles, les bibliothèques ont fermé leurs portes au public. Les parties de hockey de la coupe Stanley ont même été annulées.

En Ontario, le gouvernement a organisé un corps d'intervention constitué de 400 femmes : les « Sisters of Service » (S.O.S.). D'autres régions canadiennes ont lancé des appels à l'aide similaires, et les femmes ont répondu. À Toronto, les volontaires assistaient à trois séances de formation sur les soins à porter aux malades, puis étaient envoyées sur le terrain. En plus des nombreux soins à dispenser aux malades gravement atteints, il fallait fournir de quoi manger aux familles qui n'avaient plus personne pour préparer les repas. Il fallait fabriquer des milliers de masques de gaze et les distribuer. Comme l'explique Eileen Pettigrew dans *The Silent Enemy : Canada and the Deadly Flu of 1918 :* « Les clivages sociaux ne tenaient plus. Des femmes qui ne connaissaient de l'entretien ménager que les ordres à donner à leur cuisinière ou à leur chauffeur soignaient des gens qu'elles ne connaissaient pas, changeaient des lits, faisaient la cuisine et la lessive. » Partout au pays, des femmes accouraient pour aider les familles frappées par la grippe, souvent à leurs risques et périls.

Très vite, le personnel des hôpitaux est tombé malade. Les standardistes aussi. En 1918, un appel téléphonique devait être transmis par une personne qui tenait le standard téléphonique. On vous demandait le numéro que vous vouliez joindre et on établissait la communication pour vous. À cause de la pénurie de standardistes, on demandait aux gens de limiter leurs appels aux seules urgences, sinon l'ensemble du réseau n'aurait pas pu fonctionner. De nombreux commerces fermaient. Comme la plupart des gens ne possédaient pas d'automobile et que celles qui étaient disponibles étaient souvent accaparées pour des affaires officielles en temps de guerre, les gens devaient marcher assez loin pour rapporter chez eux ce dont ils avaient besoin, à moins d'avoir un cheval ou une bicyclette. C'était une contrainte de plus pour une population déjà durement éprouvée. Les gens vacillaient sous le poids des obligations.

QUAND LA GRIPPE FRAPPE

La grippe espagnole commençait par un mal de dos, de la toux et de la fièvre : les mêmes symptômes associés à la grippe, de nos jours. Certains malades avaient aussi d'abondants saignements de nez. Si une victime de la grippe espagnole ne s'en remettait pas en quelques jours, ses problèmes respiratoires devenaient insurmontables, car la pneumonie se développait, remplissant ses poumons de sécrétions et de liquide. Puis, il y avait de moins en moins d'espace pour l'air et le malade mourait, noyé dans ses propres sécrétions. Au début de la grippe, les docteurs voyaient leurs patients devenir rouges. Si la pneumonie se développait, du rouge ils tournaient au gris-bleu foncé. Certains ont même rapporté que le visage de leurs malades avait tourné au noir juste avant de mourir. La grippe espagnole ne durait pas des semaines et des semaines, donnant aux gens de faux espoirs. En général, pour ceux qui en mouraient, c'était réglé en sept à dix jours.

De façon surprenante, la plupart de ceux qui mouraient de la grippe espagnole n'étaient pas les victimes « habituelles » de la grippe, c'est-à-dire les personnes âgées et les petits enfants. Bien sûr, ceux-là aussi mouraient, mais de nombreuses victimes de la grippe espagnole étaient des gens âgés de 20 à 50 ans, ce qui avait pour résultat que les enfants se retrouvaient orphelins du jour au lendemain.

Si tu demandes à des membres de ta famille qui se souviennent du passé, plusieurs te diront que quelqu'un de ta parenté, comme ton arrière-grand-mère ou ton arrière-grand-oncle, est mort durant la pandémie de grippe espagnole. Ce pourrait aussi être une famille de leur voisinage, emportée au grand complet par la maladie. Si tu visites un vieux cimetière, regarde les dates sur les pierres tombales, et tu constateras que ceux qui sont morts en 1918 ou 1919 sont nombreux. Regarde aussi à quel âge ils sont morts.

Il n'y avait pas que des adultes qui mouraient. Des familles entières étaient emportées en l'espace d'une seule nuit. Quand on lit des comptes rendus de cette catastrophe, les gens répètent sans cesse :

« C'était tellement rapide. Lundi soir, en allant se coucher, elle allait bien et, trois jours plus tard, elle mourait. »

Ironiquement, certains ont attrapé la grippe espagnole parce qu'ils étaient tellement contents que la guerre soit finie qu'ils se sont joints à la foule qui déferlait dans les rues de leur ville au jour de l'Armistice, s'embrassant et se serrant dans les bras les uns les autres. Même des soldats rentrés des champs de bataille européens ont attrapé la grippe de cette façon. Les gens s'étaient montrés très prudents. Ils étaient restés en quarantaine. Plusieurs avaient porté le masque, surtout dans les provinces de l'Ouest où les autorités avaient insisté sur cette mesure. Tout le monde était au courant du danger. Pourtant, quand la nouvelle de l'Armistice est arrivée, plusieurs ont laissé tomber les mesures de précaution et se sont mis à danser, à chanter et à embrasser tout le monde. Certains ont ainsi transmis la maladie, pratiquement de bouche à bouche.

En 1918, les médecins avaient peu de moyens pour combattre la grippe. Tout ce qu'ils pouvaient faire, c'était de donner le plus de confort possible à leurs malades, lutter contre la fièvre avec de l'eau froide et des breuvages, administrer des médicaments contre la douleur... et prier pour qu'ils soient épargnés.

De nos jours, nous connaissons de meilleures méthodes pour lutter contre la grippe. Nous avons des vaccins contre la grippe, chose dont personne n'avait jamais entendu parler quand, partout dans le monde, les gens mouraient de la grippe espagnole en 1918 et 1919. Les vaccins peuvent nous aider à ne pas attraper la grippe, au départ. Il y a aussi des médicaments antiviraux qui peuvent nous aider à guérir plus rapidement. Les antibiotiques peuvent aider à combattre les infections secondaires que nous pouvons attraper lorsque notre système immunitaire est occupé à lutter contre la grippe. Mais il n'y a pas de remède miracle contre la grippe, ni aucune garantie que la souche de virus qui frappe une année donnée pourra être combattue par le vaccin.

Nous connaissons aussi l'importance de prendre les précautions d'usage, comme le simple fait de se laver les mains (en prenant le temps de chanter « Bonne fête » deux fois ou, si tu préfères, tu peux essayer « Frère Jacques ») avec du savon, car le virus de la grippe n'aime pas la mousse de savon.

Mais d'une certaine façon, nos inventions modernes nous ont rendus encore plus vulnérables. Aujourd'hui, nous pouvons facilement faire le tour du monde grâce à l'avion, mais les nouvelles souches de virus de la grippe, qui nous prennent pour hôtes, le peuvent tout autant.

L'histoire de la grippe espagnole est effrayante. Si elle te fait trop peur, rappelle-toi que nous comprenons maintenant les causes et le mode de propagation de la grippe, contrairement aux familles de 1918. Les gens n'avaient pas la radio, ni la télévision, ni l'Internet, et rarement le téléphone. Aujourd'hui, les scientifiques et les médecins travaillent à la création d'un vaccin qui pourra enrayer la propagation de la grippe aviaire. Quand le SRAS est arrivé à Toronto, 44 personnes en sont mortes, mais pense à la différence que cela fait avec les 1 200 personnes qui sont mortes dans la même ville, quand la grippe espagnole a frappé. Nous ne vivons peut-être pas dans un monde sécuritaire, mais nous vivons tout de même dans un monde qui est conscient du danger d'une nouvelle pandémie.

L'école publique Jesse Ketchum, que l'auteure a fréquentée dans sa jeunesse. La première victime de la grippe espagnole signalée à Toronto était une fillette qui fréquentait aussi cette école.

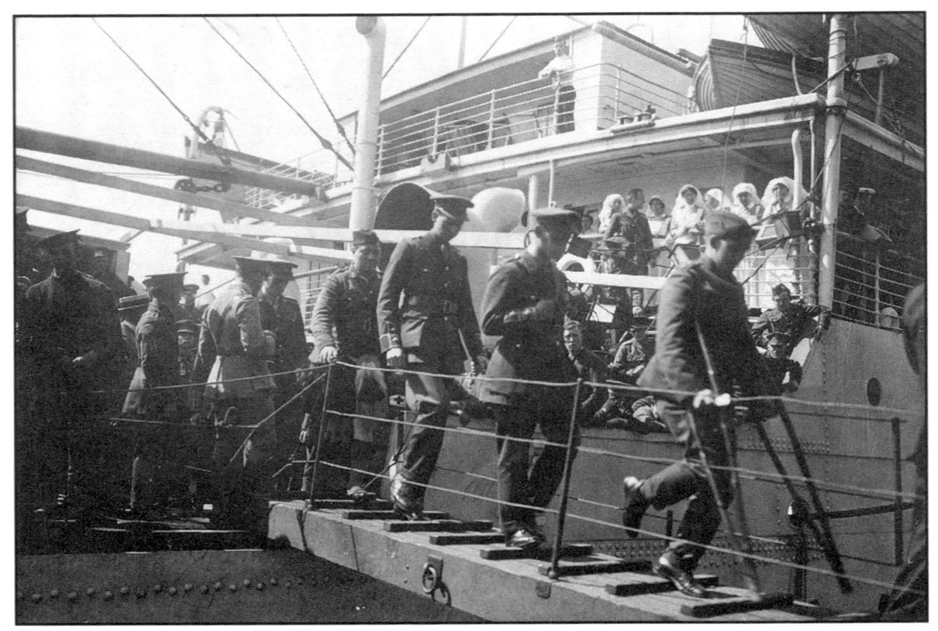

Un navire-hôpital ramenant des soldats au Canada, amarré à Halifax, en Nouvelle-Écosse. Certains soldats, sans le savoir, étaient porteurs du virus de la grippe.

Ces soldats se remettent de leurs blessures dans une salle commune, à l'hôpital.

THE TORONTO DAILY STAR, TUESDAY, OCTOBER 15, 1918.

ONTARIO EMERGENCY VOLUNTEER
HEALTH AUXILIARY

WANTED—VOLUNTEERS!!

The Provincial Board of Health, with the authority of the Government of Ontario, has organized an "Ontario Emergency Volunteer Health Auxiliary" for the purpose of training and supplying nursing help to be utilized wherever needed in combating the Influenza outbreak. A strong Executive has been formed in Toronto. It is recommended that each Municipal Council and Local Board of Health, working in co-operation, take immediate steps to form a local branch of this organization. The Volunteer Nurses will wear the officially authorized badge, "Ontario S.O.S." (Sisters of Service). This "S.O.S." call may be urgent. Classes taking lectures are already opened in the Parliament Buildings, Toronto (Private Bills Committee Room, ground floor), where they will be carried on every day at 10 a.m. and 3 p.m. until further notice. Young women of education are urged to avail themselves of this unique opportunity to be of real service to the community. If they are not needed, so much the better. If they are needed, we hope to have them ready. All towns and cities are urged to organize and prepare in a similar manner.

A Syllabus of Lectures is being sent to the Medical Officer of Health of all cities and towns. Further information may be had on application to John W. S. McCullough, M.D., Chairman of Executive, Parliament Buildings, Toronto, Telephone Main 5800.

C. S. NEWTON, Sec.-Treas. W. D. McPHERSON, President.

J. W. S. McCULLOUGH, Chairman of Executive Committee.

Plus de 400 Torontoises ont répondu à l'appel pour devenir *Sisters of Service*, risquant leur vie en soignant les malades de la grippe.

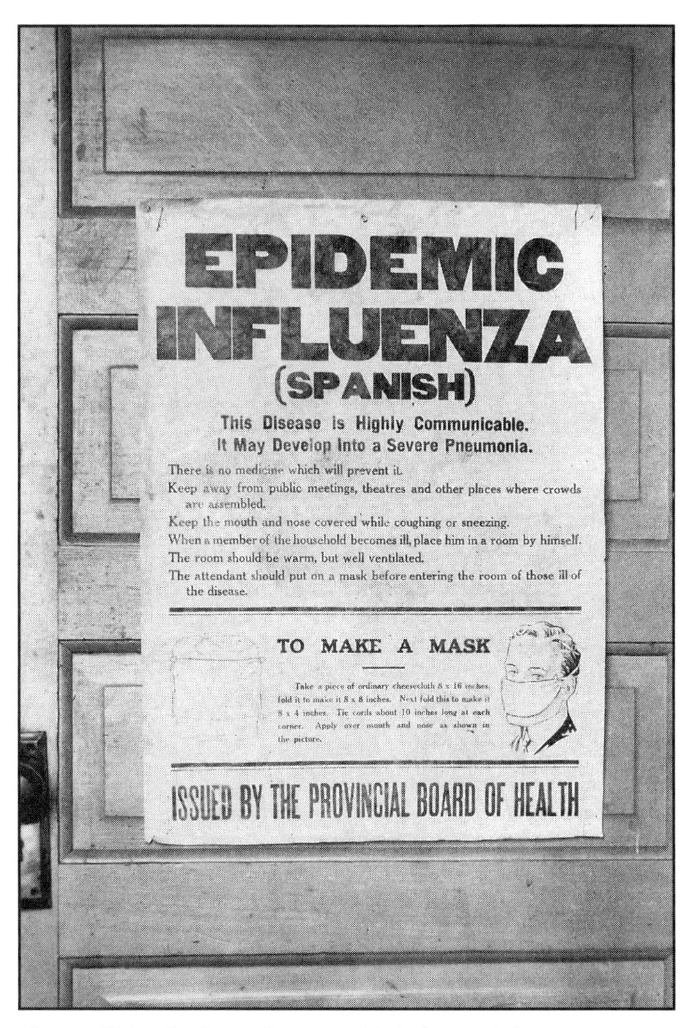

Cette affiche du Conseil provincial de la santé du gouvernement de l'Alberta fournit aux citoyens de l'information sur l'épidémie de grippe.

Des employés de la Banque Canadienne Impériale de Commerce à Calgary ne ménagent pas les précautions contre la grippe.

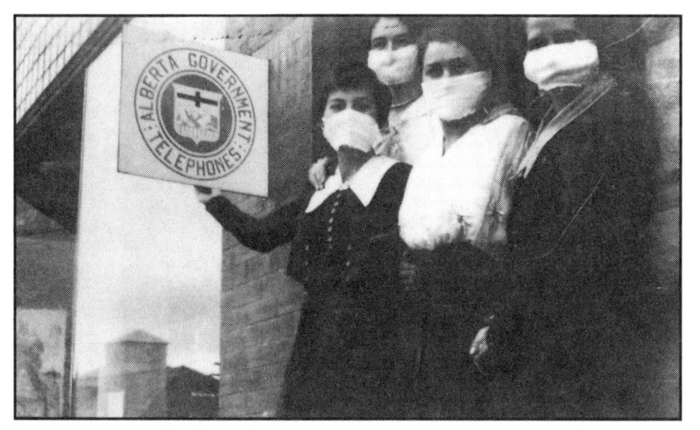

En Alberta, les standardistes (ci-dessus) et les fermiers des Prairies (ci-dessous) portaient des masques pour se protéger contre la grippe. Les masques en vente à Calgary coûtaient entre 5 et 25 ¢. À Grande Prairie, en Alberta, il y avait une amende de 50 $ si on ne portait pas le masque.

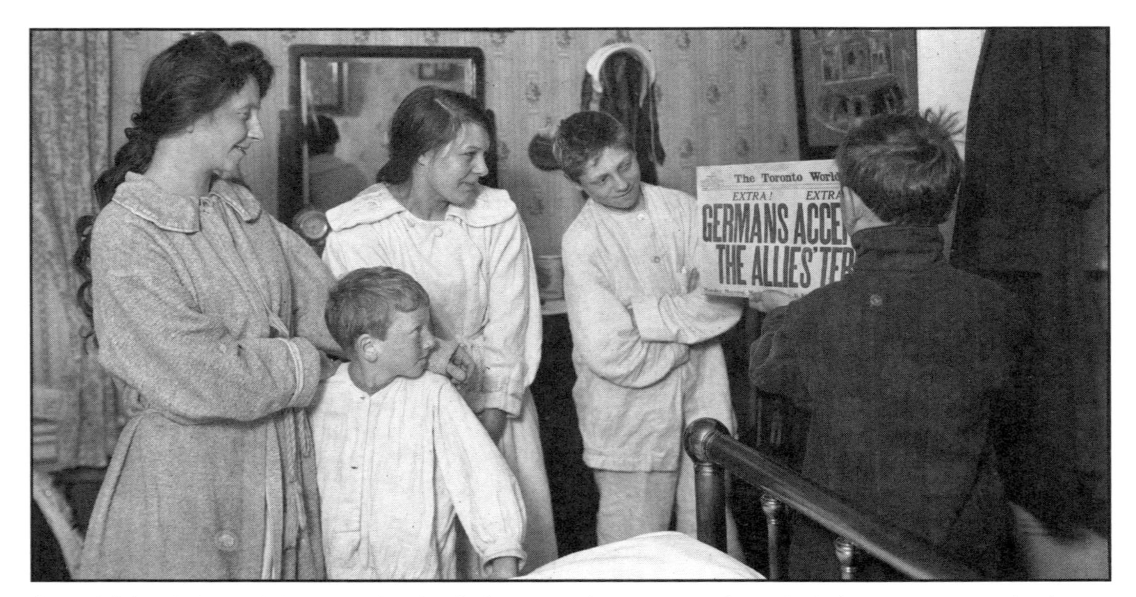

Quand l'Armistice a été annoncé, très tôt le matin du 11 novembre 1918, les gens se sont levés, ont enfilé leur manteau par-dessus leur pyjama et ont envahi les rues pour célébrer l'événement. En manchette des journaux, on pouvait lire : LES ALLEMANDS ACCEPTENT LES CONDITIONS DES ALLIÉS.

Jeunes et vieux ont participé à la célébration de la victoire. Cette fillette assise à califourchon sur le capot d'une Ford est coiffée d'une casquette de soldat.

Plus de 200 000 Torontois sont descendus dans les rues de la ville afin d'assister au défilé de l'Armistice. Ici, des enfants sont juchés sur le marchepied d'une voiture tandis que des adultes brandissent l'Union Jack.

FAVORITE OUTDOOR TOYS

"Road King"

...Steel Frame Velocipede; ball-bearing wheels, cushion rubber tires, ... rims, coil spring seat, nickel-plated handle bars, ball-bearing rubber pedals and mudguard. Blue enamel finish.
19-532. 16-in. front wheel, seat to pedal 19 ins... 13.95
19-533. 20-in. front wheel, seat to pedal 21 ins... 14.95

TAG BARGAIN

Isn't This Pedal Car a Beauty?

2.95

19-539. Pedal Car. A flashy red Bike for the little boy or girl. It has hardwood seat 15 ins. long and 11 ins. from the floor, resting on iron frame. The 8-in. disc wheels have ½-in. rubber tires. Handles have rubber grips and bell. A strong, easy-running machine.

12.75

19-541. English Sidewalk Bike. With tubular steel frame enameled black, chain drive, 12-in. spoke wheels, rubber-tired, mudguards, hand brake, leather saddle, nickel-plated adjustable handle bars and rubber pedals. Price 12.75

Big Scooter 4.75

19-538. Dashing Big Scooter. Heavy steel frame, enameled brilliant red; footboard with rubber foot mat; 10-in. roller-bearing disc wheels have rubber cushion tires. Roller brake, parking stand. 4.75

19-537. Two-Wheel Scooter. Hardwood platform bolted to iron frame, 6-inch red disc wheels with rubber tires. Price. 1.95

60c

19-544. Toy "Pet" Cart—Just the cart for the little child. All-metal body and wheels, wood handle. No sharp edges. Body 10 x 6 inches. Light and strong.

19-540. Baby Velocipede. Specially-designed for Tiny Tots. Seat only 13 inches from the floor, reinforced frame, leather saddle, rubber-tired wheels and rubber pedals. Strong and durable and low priced. Price........... 3.85

19-548. New Slat Wagon. Rubber-tired disc 4¼" wheels. About 9 x 20 ins. natural finish wood slats, varnished, purple wheels. Price. 1.95

60c

19-545. "Ford" Toy Wheel Barrow. Metal body wheel barrow, enameled bright red, blue wheels, wood handles. Body 11 x 10 ins. Price... 60c

1.35

19-534. The "Blue Boy" all-metal Toy Wagon. Body is 17 x 8½ ins.; has turned edges, no joints; 5-in. disc iron-tired wheels. Blue enamel body, red wheels and wood handle. Price............................ 1.35

Your Boy Would Love An Automobile Like This 8.95

19-536. "Reo" Automobile—Oh Boy! It's a "Reo" and only $8.95. Child's Automobile with flashy blue body and bright red disc wheels with rubber tires. The car is 34 ins. long over all and 18 ins. wide, has bumper, metal steering wheel, gas control lever, motometer, rubber pedals and horn, nickeled hub caps and is some speeder. A real value at.... 8.95

18-710. Nickel-plated Bicycle Bell for Velocipedes. (Not illustrated). Complete with Clip. Price..... 15c

18-719. Ronson Repeater. Harmless; of steel, gun-metal finish...... 25c
18-720. Reloads, about 1,000 shots. Price............ 2 for 10c

19-543. Boy's Velocipede. All-steel frame, enameled black, adjustable saddle and rubber...

Chrysler Speedster

18-722. The popular Chrysler mechanical auto of sheet metal, red, blue and yellow, 8½ ins. long. Will run straight or in a circle. Strong spring...

A High-Grade Bike

19-542. Sturdy Velocipede. Heavy malleable steel frame, enameled blue, strong blue enamel spoke wheels with ½-in. rubber tires, coil spring, leather saddle, 16-in. front wheel, inside leg measurement 19 ins. Price................ 7.00
19-750. Same machine with 20-in. front wheel. Inside measurement 21 ins. Price 7.50

Baby's Kiddie Kar

19-535. Baby's First Coaster. This Kiddie Kar has a low broad, red enameled wood seat with solid wood wheels and wood handle. Strongly constructed and runs easily. Price....... 1.75

Cette page de publicité de jouets est tirée du catalogue du magasin Eaton de 1927. Dans une publicité similaire de 1918, un tricycle d'enfant se vendait 3,85 $.

Traversant le banc

Le soleil est couchant, et du soir est l'étoile...
Un appel décisif, me dit: Viens, viens à moi!
Qu'il n'y ait sur le banc ni récif, ni de voile,
Et prenons à la mer, sans gémir, sans émoi!
Oh! que la mer soit calme, et sa face enivrante;
Qu'elle soit sans écume, et sans bruit – sans écueils,
Que sa fondation, soit vive et séduisante,
Pour me conduire au « Home! » à ses éternels seuils!

Le crépuscule est là – j'entends du soir la cloche,
Les ténèbres profondes touchent le firmament.
Que nos adieux soient doux; il faudrait une torche
Au moment du départ, à notre embarquement.
Quoique loin du cercueil de cet autel de glace,
Le flot peut m'entraîner sous l'égide du vent –
Je verrai mon Pilote! oui même face à face,
Quand j'aurais traversé l'inconstance du Banc.

— *Alfred Lord Tennyson*

Requiem

Sous le vaste ciel étoilé
Creuse la tombe et laisse moi en paix;
Heureux ai-je vécu et heureux je suis mort
Et me suis couché ici de mon plein gré

— *Robert Louis Stevenson*

Pounce
Adaptation des règles de la version jouée par la famille Macgregor

Chaque joueur a un jeu complet de 52 cartes, sans les jokers. Les cartes valent de 1 (as) à 13 (valet = 11, dame = 12, roi = 13). Le dos des jeux utilisés doit être différent, afin de pouvoir reconnaître les cartes de chaque joueur.

Après avoir brassé ses cartes, chaque joueur en compte 13 pour former sa pile de « pioche ». Il la place devant lui à l'envers et en retourne la première carte, qu'il dépose sur la table, à gauche de sa pioche. Puis il place 4 cartes à l'endroit, à droite de sa pioche.

Le jeu commence quand le joueur désigné, c'est-à-dire le perdant de la partie précédente, dit « Partez ». Sinon, on tire au sort.

Le but du jeu est de se débarrasser le plus vite possible de toutes les cartes de sa pioche. Le joueur commence par déposer les cartes qui lui restent en main (son « talon »), puis de celles de sa pioche, en les retournant trois par trois et en plaçant la troisième sur une des 4 cartes placées à droite de sa pioche, lorsque cette troisième carte est d'un nombre supérieur, un peu comme dans les jeux de patience. Par exemple, un 5 pourra être placé sur un 4 et un 10, sur un 9. Si la troisième carte retournée est un as, elle compte pour un 1 et elle doit être déposée au centre de la table, dans l'aire de jeu commune à tous les joueurs.

Il n'y a pas de tour de jeu; tout le monde joue en même temps. Tous les joueurs peuvent placer leurs cartes sur toutes les piles, même celles des autres joueurs et sur toutes celles de l'aire commune de jeu, jusqu'à ce que le nombre 13 soit atteint. Le joueur DOIT alors RETOURNER la pile terminée!

Lorsque le joueur a déposé toutes ses cartes, en les retournant trois par trois, il recommence, toujours en comptant trois par trois. Quand un des joueurs a terminé sa pile de pioche, il crie *POUNCE*, et tous les joueurs doivent s'arrêter IMMÉDIATEMENT!

Pour compter les points, il faut regrouper les cartes jouées sur la table selon le dessin qui se trouve à l'endos, puis chaque joueur compte le nombre de cartes qu'il a réussi à placer à partir de son jeu de départ, et les résultats sont notés par le comptable de la partie. Chaque carte placée compte pour 1 point, que ce soit un as ou un 7. Avant de commencer une partie, les joueurs s'entendent sur le total de points à atteindre pour être gagnant. Par exemple, 100 points.

Ce jeu peut avoir l'air d'une vraie pagaille, quand tous les joueurs tendent les bras dans tous les sens au-dessus de la table pour placer une carte sur le paquet d'un autre joueur avant que quelqu'un d'autre le fasse. C'est un jeu très amusant, qui demande généralement de deux à six joueurs. (Jean Little se rappelle avoir déjà joué à vingt joueurs!)

Nota : Le jeu de *Pounce* est aussi connu sous le nom de *Nerts*, *Racing Demon*, *Peanuts* et *Squeal*, et peut présenter de nombreuses variations dans le détail des règles. On peut s'en faire une idée en faisant une recherche sur Internet à partir de ces différentes appellations. En français, la crapette (voir sur Internet) et l'électricité (Québec) sont des jeux de carte similaires au Pounce anglais.

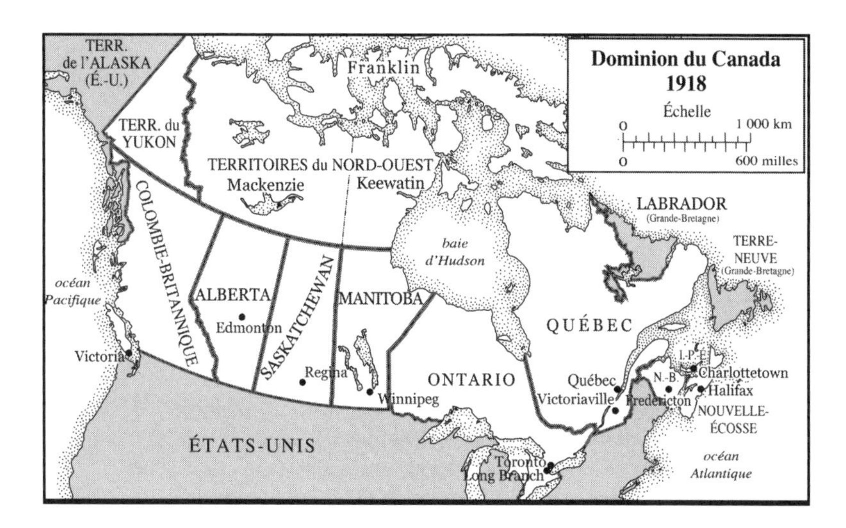

Estimation du nombre de décès causés par la grippe espagnole au Canada.

Colombie-Britannique : Pas de statistiques provinciales, mais de 800 à 1 000 morts pour Vancouver seulement.

Alberta : 33 000 à 38 000 cas, 3 300 à 4 000 morts.

Saskatchewan : Plus de 5 000 morts.

Manitoba : Pas de statistiques provinciales, mais de 820 à 1 020 morts rapportées à Winnipeg.

Territoires du Nord-Ouest : Pas de statistiques.

Ontario : 300 000 cas, 8 705 morts rapportées.

Québec : 535 700 cas, 13 880 morts.

Nouveau-Brunswick : 35 581 cas, 1 394 morts.

Île-du Prince-Édouard : 101 morts.

Nouvelle-Écosse : 1 600 morts.

Terre-Neuve et Labrador : Pas de véritables statistiques, mais plus du tiers de la population de la côte du Labrador a succombé.

Bien que le nombre total des morts s'élève à 50 000 au Canada, cela représente moins d'un demi pour cent (moins de 0,5 %) de l'ensemble de la population. Aux États-Unis, on estime que de 500 000 à 700 000 personnes sont mortes de la grippe espagnole.

Remerciements

Tous nos remerciements aux personnes et organismes qui suivent, pour nous avoir permis de reproduire leurs documents.

Page couverture, portrait en médaillon : photo noir et blanc colorisée, Collection des Studios Waldren, boîte 54, dossier 103, Archives de l'Université de Dalhousie, cliché 40_098.

Page couverture, arrière-plan (détail reteinté) : Salle spéciale, hôpital de Long Branch (Ont.), 1918, Bibliothèque et Archives Canada, PA-022917.

Page 223 : Old Jesse Ketchum School (Toronto, vers 1875), de Bernard Gloster. Toronto Public Library, T 12224, diapositive MTL 1472.

Page 224 : Navire-hôpital sur les quais d'Halifax (N.-É.), 29 juin 1917, Bibliothèque et Archives Canada, PA-023007.

Page 225 : Blessés fraîchement débarqués, Premier poste de répartition des blessés, juillet 1916, Bibliothèque et Archives Canada, PA-000324.

Page 226 : Annonce parue dans le *Toronto Daily Star*, p. 20, 15 octobre 1918, Toronto Public Library.

Page 227 : Affiche publiée par le Provincial Board of Health, Glenbow Museum, NA-4548-5.

Page 228 : Employés de la CIBC à Calgary, en Alberta, Glenbow Museum, NA-964-22.

Page 229 (haut) : Standardistes portant des masques, Glenbow Museum, NA-3452-2.

Page 229 (bas) : Hommes portant des masques pendant l'épidémie de grippe espagnole, Bibliothèque et Archives Canada, PA-025025.

Page 230 : Famille en train de lire les manchettes, le jour de l'Armistice, Archives de la Ville de Toronto, fonds 1244, pièce 892.

Page 231 : Réjouissances, le jour de l'Armistice, Archives de la Ville de Toronto, fonds 1244, pièce 905.

Page 232 : Jour de l'Armistice, carrefour des rues Bay et King, Archives de la Ville de Toronto, fond 1244, pièce 891.

Page 233 : Annonce publicitaire tirée du catalogue du magasin Eaton de 1927.

Pages 235 et 236 : Règles du jeu de Pounce, gracieuseté de Robin Little.

Page 237 : Carte de Paul Heersink/Paperglyphs. Données de la carte © 2002, Gouvernement du Canada, avec la permission de Ressources naturelles Canada.

Je dédie cette histoire à Sandra Bogart Johnson,
directrice de la collection Cher Journal,
qui m'a invitée à écrire un premier recueil
et qui m'a soutenue tout au long du projet,
réussissant même à rendre l'entreprise amusante.
Avec toute notre affection.
Victoria, Élisa, Fiona et moi-même

Je tiens à remercier le personnel de la bibliothèque de la ville de Guelph, de même que Barbara Hehner et Heather MacDougall, de l'Université de Waterloo (Ontario), qui ont vérifié les aspects historiques de mon texte, ont répondu à mes questions et m'ont aidé à trouver tous les éléments dont j'avais besoin pour écrire cette histoire. Sans vous, j'aurais vraiment été perdue. J'aimerais aussi remercier ma mère, Gorrie Gauld, d'avoir tenu son journal intime durant sa première année d'études de médecine, en 1918. Chacune d'elles a su m'aider et m'inspirer. Les erreurs qui ont pu se glisser dans mon texte ne sont dues qu'à moi-même.

Quelques mots à propos de l'auteure

Jean puise souvenirs, légendes familiales et anecdotes de toutes les sources possibles afin de créer ses histoires vibrantes de vérité. Ainsi, sa mère, Gorrie Gauld, alors âgée de seize ans, était étudiante en médecine en 1918, et Jean a eu la chance de pouvoir passer au crible son journal intime des années 1918 et 1919 afin de bâtir l'histoire de la famille Macgregor. De même, le petit frère de Jean a eu une pneumonie en 1940, et le souvenir de cet épisode s'est glissé dans son récit. Elle se rappelle qu'elle se plaignait parce que Hugh ronflait trop fort et que, de là, ses parents se sont rendu compte qu'il faisait une pneumonie!

De la même façon, le jeu de Pounce est très populaire chez les Little. Enfin, Jean a intégré dans son histoire quelques souvenirs de ses années à l'école publique Jesse Ketchum de Toronto, qu'elle a fréquentée en arrivant au Canada en 1939 avec ses parents qui étaient médecins missionnaires auprès de l'Église unie du Canada.

Une amie intime de Jean, Loa Reuber, a perdu sa mère à cause de la grippe espagnole. Le jour de ses trois ans, au lieu d'avoir son goûter d'anniversaire, Loa assistait aux funérailles de sa mère. « Ses frères et ses sœurs sont restés avec leur père, après la mort de leur mère, raconte Jean. Mais Loa n'avait que trois ans, et on l'a envoyée vivre chez ses grands-parents. Ce jour-là, elle a reçu en cadeau une poupée sur laquelle sa mère avait cousu des vêtements exprès pour elle. Loa, qui prenait grand soin de sa poupée, n'a jamais été très à l'aise de jouer avec elle. »

Jean se rend souvent dans des écoles pour y parler de ses livres. Aveugle de naissance, elle est toujours accompagnée de son chien guide, Honey, qui est arrivé chez Jean en 2006, quand son chien précédent, Pippa, a dû prendre sa retraite de chien guide. Pippa habite encore chez Jean, avec un oiseau, trois autres chiens, deux chats et deux tortues.

Les versions anglaises de *Ma sœur orpheline*, le premier livre de Jean dans la collection « Cher Journal », et *Mes frères au front*, ont toutes les deux reçu des prix.

Jean est l'auteure de plus de quarante livres, parmi lesquels se trouvent des romans, des albums illustrés, un recueil de nouvelles, de la poésie et deux autobiographies. Ses livres lui ont valu plusieurs prix prestigieux, comme le Ruth Schwartz Award, le Canada Council Children's Literature Prize, le Violet Downey Award, le Little, Brown Canadian Children's Book Award, le Boston Globe-Horn Book Honor Award et le Prix du livre de M. Christie. Elle a également reçu, en 1974, le Vicky Metcalf Award pour l'ensemble de son œuvre. Elle est membre de l'Ordre du Canada. Son dernier album, illustré par Werner Zimmerman, s'intitule *Écoutez, dit l'âne.*

Bien que les événements évoqués dans ce livre, de même que certains personnages, soient réels et véridiques sur le plan historique, le personnage de Fiona Macgregor est une pure création de l'auteure, et son journal est un ouvrage de fiction.

Catalogage avant publication de Bibliothèque et Archives Canada

Little, Jean, 1932-
[If I die before I wake. Français]
Si je meurs avant le jour : Fiona MacGregor au temps de la grippe espagnole / Jean Little; texte français de Martine Faubert.

(Cher journal)
Traduction de : If I die before I wake.
Niveau d'intérêt selon l'âge : Pour les jeunes de 9 ans et plus.

ISBN 978-0-545-99127-8

1. Épidémie de grippe espagnole, 1918-1919--Canada--Romans, nouvelles, etc. pour la jeunesse. I. Faubert, Martine II. Titre. III. Collection.

PS8523.I77I3214 2008 jC813'.54 C2008-901295-X

Édition publiée par les Éditions Scholastic,
604, rue King Ouest, Toronto (Ontario) M5V 1E1.

5 4 3 2 1 Imprimé au Canada 08 09 10 11 12

Le titre a été composé en caractères Galahad.

Le texte a été composé en caractères Galliard.

Dans la même collection :

Seule au Nouveau Monde

Hélène St-Onge,
Fille du Roy
Maxine Trottier

Une vie à refaire

Mary MacDonald,
fille de Loyaliste
Karleen Bradford

Adieu, ma patrie

Angélique Richard,
fille d'Acadie
Sharon Stewart

Ma sœur orpheline

Au fil de ma plume,
Victoria Cope
Jean Little

Un océan nous sépare

Chin Mei-ling,
fille d'immigrants chinois
Gillian Chan

Mon pays à feu et à sang

Geneviève Aubuchon,
au temps de la bataille des plaines d'Abraham
Maxine Trottier

Mes frères au front
Élisa Bates,
au temps de la Première Guerre mondiale
Jean Little

Entrée refusée
Déborah Bernstein,
au temps de la Seconde Guerre mondiale
Carol Matas

Des pas sur la neige
Isabelle Scott
à la rivière Rouge
Carol Matas

Une terre immense à conquérir
Le journal d'Evelyn Weatherall,
fille d'immigrants anglais
Sarah Ellis

Le temps des réjouissances
Dix récits de Noël

Un vent de guerre
Suzanne Merritt,
déchirée par la guerre de 1812
Kit Pearson